Kunstuniversität Linz, Veronika Müller (Hg.)

Überholz

Gespräche zur Kultur eines Materials
10 Interviews von Wojciech Czaja

D1666798

VERLAG ANTON PUSTET

Impressum

Herausgeberin
Kunstuniversität Linz, Veronika Müller

Interviews
Wojciech Czaja

Lektorat
Petra Himmelbauer, Martina Schneider

Layout, Cover
ger² daucha.raab Kommunikationsdesign, Linz

Druck
Theiss GmbH, St. Stefan im Lavanttal

© 2015 Verlag Anton Pustet
Bergstraße 12, 5020 Salzburg
www.pustet.at

ISBN 978-3-7025-0808-1

Über Holz ...

„Holz ist ein einsilbiges Wort, hinter dem sich eine Welt der Märchen und Wunder verbirgt", sagte einmal der ehemalige deutsche Bundespräsident Theodor Heuss. Der wunderbare und märchenhafte Ausspruch gilt heute mehr denn je. Holz erlebt nicht nur eine Renaissance im Bauwesen und in dem uns alle umgebenden Lebensalltag, sondern erobert zunehmend Einsatzgebiete, die bislang künstlichen Materialien vorbehalten schienen.

Österreich ist ein Holzland. Mehr als 290.000 Menschen arbeiten hierzulande in der Forst-, Holz- und Papierwirtschaft. Jedes Jahr werden rund 16 Millionen Festmeter Holz verarbeitet, Tendenz steigend. Die positive Entwicklung liegt nicht zuletzt in genau dieser Eroberung neuer Marktsegmente begründet. Denn der älteste und wahrscheinlich auch lebendigste und vielfältigste Baustoff der Menschheit scheint mit den technischen Innovationen und Erkenntnissen des letzten Jahrzehnts nicht nur durchaus, sondern sogar bestens kombinierbar zu sein. Zum Einsatz kommen neue Verbundmaterialien, clever designte Holzwerkstoffprodukte, diverse Kompositbaustoffe, optimierte Klebetechniken sowie Holz als wichtiger Bestandteil in Biopolymeren.

„Mit Holz ist es wie mit der Welt", sagt der österreichische Holzforscher Alfred Teischinger. „Je mehr man darüber weiß, desto schöner wird es." Besonders schön, wenn man diese Eigenschaft in so einem Zusammenhang überhaupt anwenden darf, ist die Tatsache, dass die „neuen" Hölzer als Quell und Resultat der unentwegten Holzforschung und Werkstoffentwicklung in Österreich das „alte" Holz nicht verdrängen. Vielmehr stellen sie zum traditionellen Handwerk – sei es Tischlerei, Zimmermannskunst, Musikinstrumentenbau, ja sogar Flugzeugbau – eine spannende Ergänzung dar. Am breiten Spektrum der Möglichkeiten zeigt sich, wie riesig, wie unerschöpflich die Einsatzgebiete dieses Werkstoffs sind.

Holz als Material im Bauen und Handwerk ist die eine Facette. Hinzu kommt seine Rolle als ökologische, nachwachsende Ressource. Holz ist ein essentieller Binder von CO_2, ein in jeder wachsenden oder verarbeiteten Hinsicht wichtiger Klimaregulator sowie eine unverzichtbare, globale Energiequelle. Historische, längst verworfene Technologien, wie etwa die Energiegewinnung durch Holzvergasung, wurden in diesem Zusammenhang nach vielen Jahrzehnten wiederentdeckt.

Am Ende aller Tage und aller rationalen, technischen Betrachtungen bleibt Holz aber vor allem ein Rohstoff, der Emotionen weckt, dem sinnliche Qualitäten inneliegen, dem man eine gewisse philosophische „Aufgeladenheit" nicht abspenstig machen kann. Genau dieser Erlebniswelt, genau diesem Spannungsverhältnis zwischen Ratio und Sinnlichkeit widmet sich dieses Buch. Es porträtiert jene Protagonisten und Protagonistinnen, die stellvertretend für ihre jeweilige Zunft und ihren jeweiligen Denkansatz das traditionelle und innovative Potenzial von Holz gleichermaßen zu erkennen wissen und in ihrer Arbeit beeindruckend nach außen kehren. Zu Wort kommen Architekt, Holzbauer, Statiker, Tischlermeister und Werkstoffproduzent, aber auch Forscherin, Försterin und Buchautorin. Sogar ein Flugzeugbauer, der sich auf den Bau historischer Doppeldecker spezialisiert hat, sowie ein über die Geometrie von Schnecken und f-Löchern schwärmender Geigenbaumeister sprechen auf mal rationaler, mal emotionaler Ebene über ihren unverwechselbaren Zugang zum Job.

Es ist diese Liebe zum Material, die Leidenschaft und Versessenheit, die Auseinandersetzung und Entwicklung antreibt und auf diese Weise im Austausch mit artverwandten und artfremden Professionen zu neuen, unerwarteten Lösungsansätzen kommt. Wo mit dem High-Tech-Werkstoff Holz gearbeitet wird, treffen Handwerk und Kultur, Tradition und Moderne aufeinander und lassen im Dialog verbesserte Ideen, leistungsfähigere Techniken und umfassend gestalterische Konzepte entstehen.

Anlass für die Entstehung dieses Buches ist das zehnjährige Jubiläum des interdisziplinären Masterlehrgangs überholz an der Kunstuniversität Linz. Geleitet von einem aus unterschiedlichen Branchen und Berufen zusammengewürfelten Konzeptionsteam – bestehend aus ArchitektInnen, TragwerksplanerInnen, ForscherInnen, BauphysikerInnen und HandwerkerInnen – versteht sich dieser Universitätslehrgang als Experimentierlabor für innovativen Holzbau und als Lernort einer Kultur der Zusammenarbeit.

Für dieses Buch haben die Mitglieder des überholz-Konzeptionsteams jeweils einen Vertreter, eine Vertreterin der Holzbranche nominiert und vor das Mikrofon gebeten. Sie alle verbindet, dass sie hinter den Kulissen – um mit Heuss zu sprechen – Wunderbares und Märchenhaftes leisten und sich einen Berufsalltag ohne Holz nicht vorstellen können. Wojciech Czaja, Architekturjournalist der österreichischen Tageszeitung *Der Standard*, ist diesen Leidenschaften auf den Grund gegangen und hat die Menschen vor den Vorhang gebeten.

Der Lehrgang überholz, ebenso wie das gleichnamige Buch, verdanken sich einer Kooperation der Kunstuniversität Linz mit der Arch+Ing Akademie, dem Möbel- und Holzbaucluster Oberösterreich und dem Weiterbildungszentrum des Landes Vorarlberg Schloss Hofen. überholz besteht durch die großzügigen Förderungen der Länder Oberösterreich und Vorarlberg, des Fachverbandes der Holzindustrie, der Landesinnungen sowie der proHolz-Organisationen der Bundesländer.

Das hier vorliegende Lesebuch, das das zehnjährige Jubiläum einer neuen Zusammenarbeit von Universität und Wirtschaft markiert, ist diesen Organisationen und den dahinter tätigen Menschen sowie allen WegbegleiterInnen dieses Lehrgangs gewidmet, die dem berühmten Ausspruch von Antoine de Saint-Exupéry gefolgt sind: „Die Zukunft soll man nicht voraussehen wollen, sondern möglich machen."

Veronika Müller

Ich nominiere: Marcella Ziesch

Wer schätzt es nicht, im Wald spazieren zu gehen, Schwammerl zu suchen, mitten in der Natur zu entspannen? Andererseits ist der Wald auch ein zutiefst ambiguoser Raum, der uns in Märchen und Filmen Angst macht, und um den sich in Nachhaltigkeitsberichten große Sorge äußert. Jedoch – Wälder sind viel mehr als das, als was wir sie in unserem Alltag sehen oder empfinden: Die Försterin Marcella Ziesch beispielsweise betreibt in ihrer täglichen Arbeit eine kluge Forstwirtschaft und somit auch eine langfristige Ressourcensicherung, was sich schließlich in einem entsprechend hochwertigen Baustoff niederschlägt.

Ich habe Marcella Ziesch nominiert, um durch das Interview mehr über ihre Arbeit zu erfahren. Mich beeindruckt ihr Zugang zu den Jahreszeiten sowie generell zum Wald als Quelle für so viele unterschiedliche Qualitäten. Als Architektin, die in ihren Projekten gerne mit Holz arbeitet, bin ich ja mehrfach mit dem Konzept der Forstwirtschaft und in weiterer Folge mit dem Begriff Nachhaltigkeit konfrontiert. Nicht zuletzt ist der Wald ein wunderschönes Raumbild, das Maßstab für so manchen Entwurf sein kann.

Gabu Heindl, Architektin und Kuratorin

Marcella Ziesch

geboren 1980 in Dresden, studierte Forstwissenschaften an der TU Dresden in Tharandt. In Brasilien arbeitete sie drei Monate bei einem Plantagenprojekt mit. Ihre Praxis sammelte sie in der Forstwirtschaft von Russland, Nord- und Süddeutschland sowie im Nationalpark Berchtesgaden. Danach erwarb sie ihr Staatsexamen für den Försterdienst. Seit 2007 lebt sie in Ebensee und arbeitet bei der Österreichischen Bundesforste AG, zunächst als Assistentin im Revier Offensee, seit 2013 leitet sie nun das Forstrevier Attergau und trägt die Verantwortung für eine nachhaltige Entwicklung. Ihr spezielles Interesse gilt der Waldpädagogik, dem Naturschutz und der Entomologie, also der Insektenkunde.

Ich bin eine Managerin der Wälder

Marcella Ziesch ist Försterin im Forstbetrieb Traun-Innviertel und Leiterin im Revier Attergau. Sie schätzt die Freiheit im Wald und die Kraft ihrer drei Lieblingsbäume, für die sie manchmal sogar einen kleinen Umweg macht. Denn der Wald, meint sie, hat uns viel zu erzählen.

Sie sind Försterin. War das immer schon Ihr Wunsch?
In gewisser Weise ja. Ich bin in Dresden aufgewachsen, ich bin ein Stadtkind, ich gebe es zu. Aber an den Wochenenden, da war ich immer draußen auf dem Land. Diese Beziehung zum Wald und zu den Bäumen ist in meiner Kindheit schon sehr früh entstanden.

Was haben Ihnen die Bäume damals erzählt?
Ich bin barfuß herumgelaufen und auf die Bäume hinaufgeklettert. Ich habe mich in der Natur sehr ursprünglich gefühlt. Es hat mich fasziniert. Und diese Geschichten haben mich nie wieder losgelassen.

Wann haben Sie die Entscheidung getroffen, Försterin zu werden?
Direkt nach dem Abitur. Mit 18 Jahren war das für mich klar. Also habe ich im Anschluss an das Abitur die Forstschule in Tharandt absolviert. Das ist die älteste Forstschule der Welt.

Sind sind in Österreich tätig. Warum gerade hier?
Früher war ich hier oft wandern und bergsteigen. Ich habe Österreich schon immer sehr gemocht. 2006, nachdem ich die Forstschule absolviert hatte, habe ich hier eine Zusage bekommen. Seit 2007 bin ich nun fix da. Außerdem darf man nicht vergessen, dass es in Deutschland weniger Försterstellen gibt als in Österreich.

Wenn man sich einmal für einen Wald entschieden hat, bleibt man dann für immer da?
Zunächst einmal fängt man als Assistentin an und wird einem Revierleiter zugeordnet. In dieser Eingewöhnungsphase ist es dienlich, viele Revierleiterinnen und somit auch viele verschiedene Reviere kennenzulernen. Es gibt unterschiedliche Wälder, Böden und Erntekulturen und auch ganz individuelle Arbeitsweisen und Berufscharaktere. Je mehr man kennenlernt, desto besser.

Was ist Wald für Sie?
Wald, das ist für mich ein intensives Spüren im Wechsel der Jahreszeiten. Im Sommer grün, im Herbst bunt, im Winter grau und weiß. Das sind für das Auge schon mal ganz unterschiedliche Stimmungen. Wenn ich im Wald bin, dann spüre ich den Duft von Holz und Erde, dann fühle ich mich zu Hause. Wenn ich abends auf einem Baumstamm sitze und den Sonnenuntergang beobachte, dann wird mir warm ums Herz.

Und was empfinden Sie bei Holz?
Wärme, Duft, Rinde, Jahresringe, Zeitmesser, Gradmesser für den Zustand unserer Welt, Rohstoff, Klimaregulator, Symbol, ein Material der Ruhe und der Emotionen.

Der deutsche Schriftsteller Christian Morgenstern hat einmal geschrieben: „Nichts ist für mich mehr Abbild der Welt und des Lebens als der Baum. Vor ihm würde ich täglich nachdenken, vor ihm und über ihn."
Was für schöne Worte! Da gehen Bilder auf. Ja, das ist mein Leben.

Sie marschieren los. Was fühlen Sie in diesem Moment?
Es ist eine Zufriedenheit, die da in mir aufkommt. Es ist Ruhe vom Stadtlärm, von der Hektik, von den vielen, vielen Menschen rundherum. Stattdessen ist man in der Natur, mit Tieren, Wald und Wasser, und mitunter mit ganz schön viel Dreck an den Händen und an den Schuhen. Man fühlt sich irgendwie ganz ursprünglich.

Ist Försterin ein einsamer Job?
Es muss schon der Hang da sein, alleine arbeiten zu können. Ich habe zwar auch eigene Mitarbeiter und diverse Holzkunden, aber es stimmt schon, die meiste Zeit draußen im Wald bin ich alleine. Und trotzdem: Ich habe keinen Schreibtischjob, ich bin nicht in irgendeinem Büro eingeschlossen, stattdessen arbeite ich in und mit der Natur. Was gibt es Besseres!

Sind Sie bei jedem Wetter unterwegs?

Ja, bei Wind und Wetter und bei jeder Jahreszeit. Man wird nass und steigt in den Gatsch.So ist das in diesem Job. Um ehrlich zu sein, komme ich jeden Tag völlig verdreckt nach Hause. Manchmal, wenn ich noch andere Wege zu erledigen habe, nehme ich Kleidung zum Wechseln mit, damit ich außerhalb des Waldes einigermaßen zivilisiert auftreten kann.

Wie viele Stunden verbringen Sie im Durchschnitt im Wald?

20 Stunden pro Woche sind mein Ziel. Klappt aber nicht immer. Da kommen noch Freizeit und Jagd hinzu. Das wären dann rund 30 Stunden pro Woche. Aber das variiert je nach Wetter und Jahreszeitenverlauf.

Was sind denn die Unterschiede zwischen den einzelnen Jahreszeiten?

Jede Jahreszeit hat ihre eigenen Herausforderungen. Wenn der Schnee schmilzt und die Forststraßen wieder befahrbar sind, wandere ich den Wald flächendeckend ab und beobachte und dokumentiere den Wildverbiss und die Windwurfbäume. Dann plane ich bereits die Arbeiten fürs nächste Jahr. Ich muss schnell sein, denn schon bald beginnen Gräser und Brombeeren mannshoch zu wachsen, und dann ist keine Sicht und kein Durchkommen mehr. Im Frühjahr stehen Kulturarbeiten an. Da beauftrage ich Straßensanierungen und überlege mir ganz genau, wo welche Baumarten gepflanzt werden müssen. Im Sommer bin ich auf Borkenkäfersuche und kontrolliere nach, ob die Frühjahrsarbeiten richtig durchgeführt wurden. Im Herbst schließlich, wenn die Holzernte startet, wenn die Holzproduktion und Waldpflegearbeiten wieder voll im Gange sind, dann wird es lauter, dann ist es mit der Ruhe vorbei.

Gibt es auch so etwas wie einen ganz normalen Arbeitsalltag?

Nein, nicht wirklich. Ich bin Flächenmanagerin. Das heißt, meine Arbeitsschwerpunkte verschieben sich täglich zwischen Waldbau, Naturschutzaufgaben, Büroarbeit, Jagd und natürlich auch Holzernte. Ich habe in meinem Revier ein gewisses Soll, das ich jährlich erzeugen muss. Das sind 12.000 Festmeter Holz pro Jahr. Vorrangig sind es die hundertjährigen Bestände, die bei uns geerntet werden. Das sind die sogenannten starken Hölzer. Ein Fünftel meines Jahreseinschlages jedoch ernte ich mit Pflegeeingriffen in 30- bis 40-jährigen Wäldern. Das ist das Ausforsten von sogenanntem schwachen Holz.

Starkes Holz? Schwaches Holz? Was bedeutet das genau?

Das Ausforsten von schwachem Holz ist eine Pflegemaßnahme, um die Wälder stabil gegen Stürme zu halten. Schwaches Holz spielt, um nur ein Beispiel zu nennen, eine wichtige Rolle in der Papierindustrie. Dafür wird meist frisches Fichtenholz verwendet. Die Sägeindustrie wiederum beliefere ich mit etwas älterem Fichtenholz. Daraus werden dann Bretter oder Leimbinder erzeugt. Das qualitativ minderwertige Holz wird zu Spanplatten verarbeitet. Und das schwache Laubholz landet, auch wenn das für viele eigenartig klingen mag, in Textilien sowie als Essig in Gewürzgurken.

Und das starke Holz?
Aus meinen Wäldern kommt starkes Laub- und Nadelholz. Damit beliefere ich die Bau- und Möbelindustrie. Das genaue Einsatzgebiet entscheidet sich je nach Größe, Ästigkeit, Drehwuchs, Fäule, Insektenbefall und so weiter.

Wer entscheidet, wie viel zu fällen ist und wie viel nicht?
Alle zehn Jahre findet eine sogenannte Forsteinrichtung statt, die einen sehr nachhaltigen Hiebsatz festlegt. Damit soll sichergestellt werden, dass ich nicht mehr ernte als nachwächst. Jeder einzelne Bestand wird nach Zuwachs, Größe und Alter kontrolliert. Auf einer Forstkarte wird ganz genau festgehalten, welche Bäume zu fällen sind und welche nicht. Die jährlichen Zielvorgaben – denn die gibt es auch – legt dann der Forstmeister im Forstbetrieb fest.

Wie lautet so eine Zielvorgabe? Nur so als Beispiel?
In meinem Revier ist festgelegt, wie viel Laub- und Nadelholz wir umzuschneiden haben. Wir benötigen, um nur ein Beispiel zu nennen, 40 Prozent Fichtensägeholz. So setze ich das um. Fichte ist die Holzbaumart Nummer 1 in Österreich und für die heimische Industrie absolut unverzichtbar.

Ist das nicht eine gewisse Manipulation an der Ressource Wald?
Manipulation im Sinne eines händischen Eingriffs durch den Menschen? Ja, das stimmt. Manipulation im Sinne eines Eingriffs in die Natur? Definitiv nein. Ich greife auf eine Art und Weise ein, dass der Wald zukunftsfitter wird, dass wir ihn besser und effizienter bewirtschaften und auch wirtschaftlich nachhaltig nutzen können.

Warum braucht es diese Beeinflussung überhaupt? Kann sich der Wald denn nicht von alleine regeln?
Mein Ziel ist ein gesunder, stabiler Mischwald mit Qualitätsholz. Ohne eine gewisse Beeinflussung von außen, wie ich das mache, würden in meinem Revier nur noch Buchen nachwachsen, denn diese setzen sich in dieser Region von Natur aus am leichtesten durch. Eines Tages dann hätte ich einen 100-prozentigen Buchenwald.

In solchen Monokulturen wird der Wald instabil und anfällig gegen Krankheiten und natürliche Phänomene. Das will ich nicht. Das gilt es zu vermeiden. Meine Arbeit ist, wenn Sie so wollen, der größte gemeinsame Nenner zwischen industriellem Interesse und einer Stabilisierung des Waldes, die nun mal mit einem gewissen gesunden Mix einhergeht.

Mit welchen Werkzeugen arbeiten Sie?
Für meine tägliche Arbeit benötige ich Handy, Tablet, Forstkarten, Spraydosen, bunte Bänder und Kluppen. Das reicht. Ich bin eher eine Art Planerin, Organisatorin und kontemplative Überblickerin.

Wie viel Hektar Waldfläche bewirtschaften Sie denn?
2.500 Hektar. Das ist Zukunftsfläche für Holz und Wildfleisch.

Ihre Arbeit ist auf viele Jahrzehnte ausgelegt. Die meisten Früchte davon werden Sie selbst nicht mehr miterleben.
Einen Teil davon vielleicht, den Großteil aber sicher nicht mehr, da haben Sie schon Recht. Es ist schwierig vorauszusehen, was in hundert Jahren sein wird, wenn ich nur an die Klimaerwärmung und die damit verbundenen Konsequenzen denke. Den Wald jetzt schon fit zu machen, damit er auch in Zukunft funktioniert, ist eine ziemliche Herausforderung. Aber wenn man genau hinschaut und den Wald genau liest, dann kann man die Entwicklung mitverfolgen. Ich sehe, wenn ich im Frühjahr nach der Schneeschmelze durch den Wald marschiere, wie die Bäume wachsen. Ich weiß, wo bestimmte Bäume stehen. Und ich sehe die Unterschiede. Nach fünf Jahren ist der Unterschied schon enorm.

Haben Sie ein Lieblingseck oder einen Lieblingsbaum im Wald?
Ja, das ist fast schon spirituell. Es gibt Bäume, die strahlen eine ganz besondere Kraft aus, die berühren mich auf eine gewisse Weise. Ich mag das gar nicht laut sagen. Manchmal lachen mich die Leute dafür aus. Aber egal. Sie verstehen das, sonst hätten Sie mir nicht diese Frage gestellt. Jedenfalls gibt es in meinem Revier ein paar kräftige Bäume, das sind richtige Kraftbäume, die muss ich drei Sekunden lang umarmen, und dann ist alles wieder gut.

Wie viele Kraftbäume kennen Sie?
Drei Stück, und das auf 2.500 Hektar Land! Ich kenne eine besonders schöne, starke, gerade Buche, eine sehr starke Douglasie und einen wirklich wunderschönen Bergahorn. Manchmal, wenn es die Zeit erlaubt, gönne ich mir sogar einen kleinen Umweg zu einem meiner drei Lieblingsbäume.

Und wenn Sie einen kaputten Baum sehen, was ja oft vorkommt ... ist das reine Rationalität oder schwingen da auch Emotionen mit?

Ich habe schon viel gesehen. Viel Schädlingsbefall, viel Käferwurm, viel Blitzeinschlag. Das ist einfach so, das gehört zum Kreislauf der Natur dazu. Trotzdem ist der Umgang mit kaputten Bäumen für mich ein sehr emotionaler. Einerseits ist Totholz eine Wohnung für Insekten und dadurch Nahrungslieferant für den Specht. Andererseits können kaputte Bäume auch eine Gefahr sein, vor allem entlang von Touristenwegen. Daher muss man sie entfernen. Jeder tote Baum ist ein Verlust.

Neben Ihrem Hauptberuf als Försterin sind Sie auch ausgebildete Waldpädagogin. Was ist es, das der Wald den Kindern gibt?

Ich veranstalte drei- bis vierstündige Führungen für Kinder und Schulklassen. Ich nehme etwa wahr, dass viele Kinder noch nie im Wald barfuß gelaufen sind oder da noch nie gespielt haben. Ich gebe den Kids etwas Ursprüngliches, etwas Naturverbundenes zurück. Ich zeige ihnen, dass es auch eine Welt jenseits von Handy und Computer gibt, dass man ab und zu auch mal dreckig werden darf. Mir ist wichtig, dass die Kinder erleben und verstehen, wozu der Wald wichtig ist.

Und zwar?

Da gibt es unterschiedliche Blickwinkel. Für mich als Försterin ist Wald in erster Linie ein nachhaltiger Rohstoff, ein CO_2-Speicher. Das Holz, das ich heute umschneiden lasse, das lebt morgen in Architektur und Möbeln weiter, und übermorgen vielleicht in Altbauten und Antiquitäten. Außerdem ist der Wald einer der wichtigsten Klimaregulatoren der Welt.

Können Sie den Arbeitsblick ausschalten, wenn Sie privat durch den Wald spazieren gehen?

Ich bin Sportlerin, Mountain-Bikerin und leidenschaftliche Schwammerlsucherin. Außerdem bin ich oft im Wald, um Tiere zu beobachten und zu fotografieren. Und wenn es einmal an einem Sommertag so richtig heiß ist, dann gehe ich gerne in den Wald, weil es da immer ein paar Grad kühler ist. Aber um auf Ihre Frage zu antworten: Nein, den Arbeitsblick kann ich nicht ausschalten. Niemals. Der läuft immer unterschwellig mit. Ich sehe Wald immer auch aus einer beruflichen Perspektive.

Sie sind Jägerin. Hat das auch mit dem beruflichen Blick auf den Wald zu tun?

Natürlich! Rehe fressen viel, sie beeinflussen den Waldbestand insofern, als sie viele wichtige Mischbaumarten fressen, so wie etwa Ahorn, Buche und Tanne. Als absolute Feinschmecker verbeißen sie ständig die Knospen, und währenddessen wachsen die weniger schmackhaften Fichten weiter. In der Folge entstehen Monokulturen. Jagd ist die ursprünglichste und natürlichste Methode, um da einzugreifen und wieder eine Balance herzustellen.

Haben Sie Wünsche und Visionen für die Zukunft?

Ich wünsche mir einen respektvollen Umgang mit der Ressource Wald und dem speziellen Beitrag, den der Wald für uns leistet. Das heißt: mehr Achtsamkeit in den Nutzungsarbeiten, mehr Achtsamkeit in der Freizeitnutzung des Waldes, vor allem aber auch mehr Achtsamkeit und Respekt in der Holzproduktion, denn Wald ist mehr als nur ein Lieferant für Holzprodukte und Holzwerkstoffe. Was mich momentan sehr stark beeinflusst, sind die Naturkatastrophen.

Inwiefern?

Die starken Unwetter und außergewöhnlichen Naturereignisse nehmen deutlich zu. Dazu gehören Wind-, Wasser- und Schneekatastrophen. Manchmal gibt es so viel Neuschnee im Frühjahr, wenn schon alles blüht, dass die jungen Zweige und Baumwipfel unter der Last des Schnees brechen. Hinzu kommen Starkregen, Rutschungen, Murenabgänge. Das Wetter wird extremer und unkalkulierbarer. Es ist immens. Es gibt hohe Schäden, die ich verzeichne, und sie werden immer mehr.

Was kann man dagegen tun?

Man sollte besser auf den Wald hören. Meine Kollegen und ich sind darauf bestens trainiert.

Und? Was sagt Ihnen der Wald?

Der Wald sagt: „Wenn es so weitergeht, dass ich eines Tages kein Wasser mehr speichern und das Klima nicht mehr regulieren kann, dann ist es schon zu spät."

Ein altes Sprichwort besagt: „Wie man in den Wald hineinruft, so schallt es heraus." Wie schallt es bei Ihnen heraus?

Ich kenne das Sprichwort sehr gut, und ich mag es sehr. Auf meine Arbeit habe ich es allerdings noch nie bezogen, eher auf mein Privatleben. Wenn ich so nachdenke, würde ich sagen: Als Försterin habe ich eine sehr verantwortungsvolle Aufgabe. Ich bin jetzt 35 Jahre alt. Das heißt, die nächsten 25 Jahre bis zu meinem 60. Lebensjahr bin ich dafür zuständig, die Baummassen-Zusammensetzung auf meinen 2.700 Hektar so zu beeinflussen, dass es die ideale Komposition für den Wald ist. Jetzt rufe ich hinein. In 30, 40 Jahren wird es dann herausschallen, ob ich Einzelentscheidungen richtig getroffen habe oder nicht.

Ich nominiere: Karl Schafferer

Das Tiroler Holzbauunternehmen Schafferer hat in der Branche einen sehr guten Ruf als innovativer Betrieb. Zum Portfolio zählen schöne, große Projekte und auch zahlreiche MPreis-Filialen, die ja für ihre außergewöhnliche Architektur bekannt sind. Karl Schafferer ist in meinen Augen ein innovativer, grundsolider und sympathischer Mensch. Er ist nicht nur Unternehmer, sondern bringt sich auch ehrenamtlich als Funktionär zum Vorteil der Branche ein.
Es ist spannend, einen Einblick hinter die Kulissen zu bekommen und auch seinen ganz persönlichen Zugang zur Materie und zur Geschichte des Holzbaus zu erfahren. Wie wir ja wissen, war die Tiroler Holzarchitektur mit ihren schwülstigen Balkonen lange Zeit sehr traditionell. Aber da wurden in den letzten Jahren und Jahrzehnten enorme Fortschritte gemacht. Schafferer ist einer derjenigen, die dabei vorangegangen sind und diese Entwicklung maßgeblich mitgeprägt haben.

Konrad Merz, Tragwerksplaner

Karl Schafferer

geboren 1961 in Matrei am Brenner, besuchte die HTL für Zimmerei in Hallein. Er war schon früh im elterlichen Zimmereibetrieb tätig, der 1957 gegründet wurde. Die damals arbeitsmäßig noch ruhigeren Wintermonate nutzte er, um mit einem befreundeten Sägewerksbesitzer Studienreisen in Europa und Nordamerika zu unternehmen. 1988 übernahm er das Unternehmen am Standort Mühlbachl und übersiedelte nach Navis am Brenner, wo er 1994 einen neuen Standort gründete. Büro und Produktionshalle wurden komplett in Holz errichtet.

Schafferer beschäftigt heute 55 Mitarbeiterinnen und Mitarbeiter. Zur Hälfte ist er in der Errichtung von Einfamilienhäusern tätig, die andere Hälfte seines Portfolios machen mehrgeschoßiger Wohnbau, Gewerbebauten und Sonderkonstruktionen aus. Gelegentlich tritt er auch als Generalunternehmer auf. Seit 25 Jahren ist er ehrenamtlich für verschiedene Institutionen in der Tiroler Holzbranche tätig. Seit 2013 ist er Vorstandsvorsitzender von proHolz Tirol.

Das Knarren und Knacksen des Holzes ist Musik in meinen Ohren

Karl Schafferer leitet in Navis am Brenner einen Holzbaubetrieb. Den Tiroler Lederhosen, sagt er, verdankt er eine essenzielle Image-Politur, denn nach dem Zweiten Weltkrieg hatte Holz in Österreich kein allzu gutes Image. Heute hingegen ist Holz nicht nur ein Material der Emotionen, sondern auch der Experimente und Innovationen. Was bleibt, ist die Nähe zur Natur – und so manch lautes, wohlklingendes Geräusch, das ein Holzhaus nächtens von sich gibt.

Das geschnittene Holz, das hier weiterverarbeitet und gelagert wird, hat einen sehr intensiven Geruch. Riecht man das noch, wenn man hier tagtäglich ein- und ausgeht?
Ja, schon! Ich mag den Geruch sehr. Die Holzhäuser, die wir bauen, haben wirklich einen sehr speziellen Duft. Der wird von unseren Kunden sehr geschätzt. Hier im Werk gibt's den Geruch sozusagen live und noch etwas intensiver. Ein herrlicher Arbeitsplatz!

Und was sagt die Profinase? Riechen die Hölzer unterschiedlich?
Der Grundgeruch, den Sie hier vorfinden, ist Fichte. In manchen Bauteilen, vor allem im Fassadenbereich, ist auch Lärche dabei. Die ist sogar noch etwas kräftiger im Geruch. Kiefer hat auch einen ganz eigenen Geruch. Am intensivsten aber riecht sicher die Zirbe. Die erduftet man, da bin ich mir sicher, auch als Städter und Nicht-Holzbauer, oder?

Zirbe schafft man! Was bedeutet Ihnen die Komponente Geruch?
Geruch ist für mich ein sehr emotionaler Faktor. Wir leben und arbeiten hier am Brenner, mitten in der Natur. Der Geruch des Waldes, der Bäume ist hier allgegenwärtig. Ich habe das Gefühl, dass wir uns alle ganz tief drinnen nach diesen Emotionen, nach diesen natürlichen Eindrücken sehnen. Andernfalls kann ich mir nicht erklären, warum diese Komponente, sobald man sich über Holz unterhält, so viel Diskussionsstoff bietet.

Was ist es denn, das dem Holz seinen ganz spezifischen Geruch gibt?

In erster Linie sind das, wie bei jeder Pflanze, wie bei jeder Rose, die man an-schneidet, die ätherischen Öle, die hier freigegeben werden. Eine wichtige Rolle spielt natürlich auch der Harzgehalt, der bei einigen Hölzern sehr hoch, bei an-deren getrockneten Holzarten wiederum, wie beispielsweise bei der Tanne, sehr niedrig ist.

Sie stehen mitten im Geschäft und haben einen sehr exklusiven Blick auf die Baubranche. Wie hat sich denn der Holzverbrauch in Österreich in den letzten Jahren verändert?

Man kann eindeutig sagen: Holz wird immer beliebter. Der erste und vielleicht wichtigste Aufschwung für die Entwicklung des Holzmarktes war sicherlich der Tourismus. Im Tiroler Tourismusbau wurde schon vor 20, 30 Jahren wahnsinnig viel Holz verbaut, auch wenn es sich damals in erster Linie um Ziegel- und Beton-bauten gehandelt hat, die lediglich an der Fassade mit Holz verkleidet wurden. Alpbach ist ein perfektes Beispiel für diese hölzerne Fassadenkosmetik. Dennoch: Das Volumen war gewaltig, und der visuelle Effekt, der über die österreichischen Grenzen hinaus mit diesem Bild transportiert wurde, ebenfalls.

Die Tiroler Lederhosen, die Sie hier ansprechen, haben den Holzbau angekurbelt. Welche Auswirkungen hatten die Lederhosen in kultureller Hinsicht?

Das wird jetzt schwierig. Summa summarum war der Effekt sicherlich ein posi-tiver, auch wenn viel Böses über die Lederhosen gesagt wurde. Ich denke da nur an die Thematisierung des Baustoffs Holz, an die Entwicklung von Emotionen und nicht zuletzt an die Förderung der Handwerkskunst. Sie müssen wissen: In der Nachkriegszeit hatte Holz ein sehr schlechtes Image. Allein Matrei am Brenner, wo wir tätig sind, ist in der Zeit der Weltkriege mehrmals komplett abgebrannt und durch Bomben zerstört worden. Es hat lange Zeit gedauert, bis man dem Holz wieder das nötige Vertrauen entgegengebracht hat. Die Lederhose hat geholfen.

Wie gefallen Ihnen die Lederhosen?

Geschmäcker sind verschieden. So gesehen ist jede einzelne Lederhose zu ak-zeptieren. Was ich allerdings nicht akzeptieren kann, ist, dass die Lederhose als Tiroler Baustil betitelt wird. Das tut mir weh. Das muss wirklich nicht sein.

Heute ist Holz vor allem ein Baustoff für Experimente.

Ja, und das freut mich sehr, denn auf diese Weise setzt man sich mit dem Holz nicht nur atmosphärisch, sondern auch konstruktiv auseinander.

In den letzten Jahren wurde Holz vor allem als Baustoff für Hochhäuser entdeckt. Wie stehen Sie zu diesen Entwicklungen, wo das Material bis zum Superlativ ausgereizt wird?

Um etwas zu erreichen, ist das Ausreizen der Superlative dringend notwendig. Die Grenzen des Machbaren sind meiner Meinung nach noch lange nicht ausgeschöpft! Ich bin sehr froh darüber, dass jetzt so intensiv experimentiert wird. Langfristig wird es dann darum gehen, das Holz so einzusetzen, dass die Vorteile und Stärken des Materials zum Tragen kommen und die Schwächen von anderen, geeigneteren Materialien kompensiert werden.

Wie stehen Sie zu Hybridbauweise?

Das ist genau diese Stärkenfokussierung, die ich meine. Gerade bei großvolumigen Bauaufgaben ist die Kombination aus Holz- und Massivbauweise in Beton und Stahl eine sinnvolle ökonomische Alternative. Ich denke, dass die Hybridbauweise in Österreich gerade erst am Anfang steht und eine gute Übergangslösung für jene Bauherren ist, die noch nicht zu 100 Prozent von kompletten Holzbauten überzeugt sind. Da sehe ich noch enorme Potenziale.

Ein häufiges Klischee, vor allem im Wohnbau, lautet: Holz brennt.

Holz brennt, das stimmt. Das will ich gar nicht leugnen und abstreiten. Doch der wahnsinnige Vorteil ist: Holz brennt vorhersehbar und genau kalkulierbar, denn mit jedem Millimeter verbrannter Kohleschicht im Material steigt auch die Dämmeigenschaft, die den Baustoff eine Zeitlang schützt. Das Brennverhalten lässt sich je nach Temperatur, Brenndauer, Holzart und Dimensionierung des Bauteils genau berechnen. Kritische Einwürfe, Ängste und Klischees kommen immer wieder. Diesen irrationalen Ängsten gilt es mit besten Beispielen entgegenzuwirken. Wissen Sie, die Wahrheit ist: Fast alles brennt oder wird zumindest durch die Hitze des Feuers zerstört! Am besten brennen Möbel, Betten, Sofas, Teppiche und Vorhänge. Bis auch ein konstruktiver Bauteil wie etwa eine Wand oder eine Decke brennt, sind die Leute schon längst geflüchtet und in Sicherheit gebracht. Letztendlich, und darauf muss man die Leute wirklich hinweisen, kann ich den Personenschutz in Holzbauten besser kalkulieren als bei jedem anderen Baustoff.

Wie geht man als Holzbauer mit behördlicher Überreglementierungen um?

Man arbeitet mit Architektinnen, Statikern, Gutachterinnen und Behörden bestmöglich zusammen und kommt im Idealfall zu einem Ergebnis, das den geltenden Normen und Bauvorschriften maximal kreativ begegnet. Intelligente Lösungen sind gefragt. Hinzu kommt, dass in den letzten Jahren viele Werkstoffe auf den Markt gekommen sind, die gut auf die Vorschriften eingehen und wirklich gute und innovative Lösungen bieten. Ich denke da nur an die Qualität des hohen Vorfertigungsgrades im Holzbau beziehungsweise an Produkte wie etwa Brettsperrholz und neue Platten- und Dämmstoffmaterialien.

Gibt es auch Produkte, die Ihnen zu weit gehen, die sich vom klassischen Holzbau zu weit entfernen?

Ich gebe zu: Ich bin kein Freund der synthetischen Lösungen, also der Holzimitate, die sich darum bemühen, Holz mehr oder weniger bestmöglich zu kopieren. Dazu gehören Laminatböden, Feinstein- und Keramikfliesen, diverse Kunststoff-Nachbildungen sowie die WPC-Systeme, die sogenannten Wood-Plastic-Composites. Das sind Kompositbaustoffe, die aus Holzmehl, Kunststoffen und diversen Additiven hergestellt und thermoplastisch verarbeitet werden. Aus WPC kann man mittlerweile alles bauen. WPC ist praktisch und verhältnismäßig günstig. Aber da fehlt mir die Seele.

Tatsächlich gibt es kein Material, das öfter kopiert und imitiert wird als Holz. Warum ist das so?

Wie gesagt: Ich bin ein Purist. Ich kann mit diesen ganzen synthetischen Sachen nichts anfangen. Warum das bei den Menschen so beliebt ist? Ich nehme an, das hängt damit zusammen, dass viele natürliche Eigenschaften des Holzes nicht akzeptiert, sondern als Fehler wahrgenommen werden. Holz arbeitet, Holz bewegt sich, Holz schwindet und quillt, Holz knackst, Holz knarrt, Holz hat Äste, Holz hat Risse, Holz hat Schiefer, die man sich einziehen kann, und so weiter. Und dennoch haben diese Menschen eine gewisse Sehnsucht nach Holz. Die Imitate und diversen Nachbildungen sind da womöglich ein guter Kompromiss. Es wird wohl wirklich so sein, sonst würde der Markt nicht so florieren.

Am Ende können die Menschen einen Holz- von einem Laminatboden nicht mehr unterscheiden.

Das ist die Abstumpfung des Konsumenten. Das ist schade, aber so ist es. Ich denke, dass es am Ende zwei Gruppen von Menschen gibt – jene, die sich nach der natürlichen Wärme des Materials sehnen, und jene, die sich mit der reinen, seelenlosen Optik des Holzes zufriedengeben. Auch, wenn es mir persönlich leid tut, dass es so ist, aber die unterschiedlichen Wünsche und Bedürfnisse des Marktes sind legitim.

Knarrt und knackst Ihr Haus auch?

Auch nach Jahren noch! Sowohl im Büro, als auch daheim in meinem Privathaus. Manchmal hört man, wenn es am Abend ganz still und leise wird, ab und zu ein kleines „Ping!", und manchmal auch ein lautes „Peng!", wenn sich die Holzfasern durch das Quell- und Schwindverhalten wieder Platz geschaffen haben. Meist handelt es sich um harmlose Spannungsrisse, die keinerlei Beeinträchtigung auf die Tragfähigkeit des Holzes darstellen. Nicht immer sind die Risse an der Oberfläche zu sehen.

Erschrecken Sie da manchmal?
Nein. Dieses Knarren und Knacksen ist Musik in meinen Ohren.

Was bedeutet das Knarren und Knacksen fürs Haus?
Es bedeutet, dass die Konstruktion arbeitet. Es arbeitet so wie jedes Material, wie auch Ziegel, Beton, Stahl und Glas. Es hört sich einfach nur anders an als bei anderen Materialien. Bevor eine Holzkonstruktion bricht, würde sie sich so weit durchbiegen, dass die Schwächung des Materials schon optisch ganz offensichtlich wäre.

Eine Besonderheit des Holzbauers ist das gleichzeitige Arbeiten in unterschiedlichen Maßstäben. Mit der Fertigung eines einzigen vorgefertigten Bauteils bedienen Sie sowohl den Rohbau als auch den viel feineren, nur wenig Toleranz duldenden nnenausbau, beispielsweise bei statischen Systemen oder der Positionierung von Elektro- und Sanitärinstallationen im Holzelement. Wie sind diese unterschiedlichen Maßstäbe zu bewerkstelligen?
Gute Frage! Tatsächlich ist eine Toleranz von wenigen Millimetern in einigen Bereichen – vor allem, wenn es um möglichst komplett vorgefertigte Bauteile geht – bereits zu viel. Mitunter passiert es, dass wir uns von Partnerfirmen oder Zulieferern trennen müssen, wenn diese in ihren Produkten und Dienstleistungen mehr Spielraum tolerieren als wir. Unsere Vorgabe lautet: ein Zentimeter Toleranz auf 20 Meter Länge.

Darf ich mal rechnen? Das sind 0,05 Prozent Toleranz!
So ist es. Aus diesem Grund verwenden wir bei solchen Anforderungen fast ausschließlich lamellenverklebte Holzwerkstoffe, denn diese arbeiten weniger und lassen sich besser, exakter verarbeiten.

Welche Rolle spielen dabei das Schwinden und Quellen des Holzes?
Eine sehr große Rolle! Es macht einen großen Unterschied, ob ich das Haus im Sommer oder im Winter, ob ich es bei hoher Luftfeuchtigkeit oder bei sehr trockenem Wetter errichte. Je nach Wetterbedingungen wird man in die eine oder

andere Richtung einen entsprechenden Spielraum einkalkulieren müssen. Tatsächlich sprechen wir im Einfamilienhausbau meistens von Differenzen im Millimeterbereich.

Im Idealfall wächst so ein Einfamilienhaus, wenn es aus vorgefertigten Elementen errichtet wird, sehr schnell und steht innerhalb von ein, zwei Tagen.
Ja, das ist wie Lego-Bauen!

Wird da der innere Spieltrieb des Holzbauers genährt?
Und wie! Es macht Spaß, dem Haus beim Wachsen zuzusehen. Es ist eine kindliche Befriedigung, wenn man dabei zuschaut, wie schnell die einzelnen Elemente ein räumliches Ganzes ergeben.

Was sind denn die Ziele und Herausforderungen für die Zukunft?
Meine Erfahrung ist: In Kindergärten, in Einfamilienhäusern, in Senioren- und Pflegeheimen, also überall dort, wo es menschelt und wo es einen spürbaren sozialen Kontext gibt, wird Holz bereits sehr gerne eingesetzt. Man weiß um die Vorteile und nützt sie entsprechend zielgerichtet und effizient. Das Ergebnis ist eine Architektur, die uns, was das Material und die Stimmung der Innenräume betrifft, im Herzen berührt. Schwierig wird es dort, wo wir im Wohnbau für eine große und vor allem anonyme Zahl an Menschen bauen. Da hat sich das Verhältnis von Wohlbefinden und Holz noch nicht gegen die Ängste und Konventionen durchgesetzt. Das Holz in diesem Bereich zu implementieren und zu einem gleichberechtigten Baustoff neben Ziegel und Beton zu machen, wird meines Erachtens die Herausforderung für die kommenden Jahre sein.

Wie realistisch ist dieses Ziel?
Die Massivbau-Lobby im Bereich Ziegel und Beton ist am Markt und vor allem in der Politik besser positioniert. Das ist eine harte Konkurrenz. Doch letztendlich hängt es ganz von uns ab, ob es realistisch ist, diese Ziele zu erreichen, oder nicht. Die Aufgabe von uns Holzbauern ist es, die Bauweisen weiterzuentwickeln und eine gewisse Standardisierung in Umlauf zu bringen. Wenn das gelingt, dann haben wir auch Chancen, dass Bauträger und Baufirmen in ihren großvolumigen Bauvorhaben öfter zu Holz greifen, als sie das heute tun.

Wie viel Luft gibt es nach oben?
Viel. Ich sehe große Potenziale.

Ich nominiere: Alexander Schütz

Architektur und Musik haben vieles gemeinsam. Das darf ich beim Chorsingen immer wieder selbst erleben. In beiden Disziplinen sind Harmonik und Tektonik zentrale Werkzeuge. Deshalb ist für mich der Geigenbau ein besonders faszinierendes Handwerk. Da werden regelrecht Klangräume produziert! Eine Geige ist nicht nur ein höchst ästhetisches Instrument, sondern auch ein perfektes Beispiel für den sinnvollen Umgang mit Ressourcen. Jede einzelne Holzart wird so eingesetzt, dass die konstruktiven Eigenschaften bestmöglich genutzt werden können. Diese Art des Querdenkens, davon bin ich überzeugt, wird im Holzbau an Bedeutung gewinnen. Vielleicht können sich die Holzbauer vom Geigenbau etwas abschauen. Alexander Schütz erlebe ich als einen weltoffenen Menschen mit einem spannenden Lebenslauf, der in seiner kleinen Werkstatt in Linz mit enormer Leidenschaft vor sich hin werkelt. Eine faszinierende Welt.

Veronika Müller, Architekturvermittlerin

Alexander Schütz

geboren 1975 in Linz, besuchte die Geigenbauschule in Mittenwald, Deutschland, und absolvierte dort die Gesellenprüfung. Er arbeitete in verschiedenen Werkstätten im In- und Ausland, unter anderem bei Michael Becker (USA), Serge Stam (Niederlande), Hieronymus Köstler (Deutschland) und Otto Karl Schenk (Schweiz). Darüber hinaus machte er verschiedene Praktika bei Geigenbauern in Österreich, Frankreich, Spanien und Kanada. 2004 legte er in Wien die Meisterprüfung ab. 2006 eröffnete er sein eigenes Atelier in Linz. 2014 gewann er Silber beim 7. Internationalen Geigenbauwettbewerb in Mittenwand und Bronze beim Oberösterreichischen Handwerkspreis in der Kategorie Technik und Design für die Restauration eines Cellos. Schütz ist Mitglied im Verband österreichischer Geigenbauer und Bogenmacher (VÖG), im Verband deutscher Geigenbauer und Bogenmacher (VDG) sowie in der Entente Internationale des Maîtres Luthiers et Archetiers d'Art (EILA).

Es ist, als würde ich dem Holz die Seele einhauchen

Alexander Schütz ist Geigenbaumeister in Linz. Seine Arbeit ist eine im Zehntel-Millimeterbereich. Die wichtigsten Spielregeln für ihn sind trockenes Holz, die Liebe zum Detail sowie die Ehrfurcht vor dem Werkstoff mit all seinen Eigenheiten und physikalischen Gesetzmäßigkeiten. Das Schönste an diesem Job, sagt er, ist das tägliche Lernpotenzial mit jedem neuen Instrument. Denn keine Geige ist wie die andere.

Wie viele Geigen haben Sie bislang gebaut?
Derzeit arbeite ich an Nummer 36 und Nummer 37.

Sie führen Buch über jedes einzelne Modell?
Oh ja! Jedes Instrument ist ein Einzelstück mit besonderen Eigenschaften. Ich führe ganz genau Buch darüber, wie ich die Geige ausgeführt habe und wie sie am Ende klingt. Das ist eine sehr wichtige Orientierung für mich.

Wie lange brauchen Sie denn für eine Geige?
Ich würde sagen, in eine Geige fließen circa 200 Arbeitsstunden, wobei ich manchmal an zwei Instrumenten gleichzeitig arbeite. Das Schönste an dieser Arbeit ist – neben dem fertigen Instrument natürlich – der Lernprozess, denn mit jeder Geige lerne ich etwas Neues dazu.

Wie genau würden Sie diesen Lernprozess beschreiben?
Ich sage immer: Geigenbau zu lernen, das ist, als würde man Schwimmen, Radfahren oder Eislaufen lernen. Die Technik, die ist bald einmal da. Doch dann geht es um die Kür, um die Eleganz, um die Leichtigkeit, um die Balance, um die Effizienz, um die Schönheit an der Sache. Und das ist ein Lernprozess ohne Ende. Das braucht Jahre, ja vielleicht sogar Jahrzehnte.

Wenn man eine Geige auf dem Werdegang vom Stück Holz zum fertigen Instrument begleitet: Was entsteht da für eine Bindung zu dem Werkstoff? Können Sie das beschreiben?

Wenn ich ein Instrument baue, dann mache ich das mit Herzblut, Liebe und all der Erfahrung, die mir zur Verfügung steht. In diesem Fertigungsprozess, würde ich sagen, entsteht ein Ding mit Seele. Ich könnte mir ein Instrument stundenlang anschauen, und immer wieder entdeckt man etwas Neues, immer wieder erscheint das schon so oft gesehene Detail plötzlich in einem ganz anderen Licht. Die Bindung, die zu diesem Instrument, zu diesem bearbeiteten Stück Holz entsteht, ist wirklich eine sehr intensive. Zuerst hat man das rohe Stück Holz vor einem liegen, dann fängt man an, es zu bearbeiten, man schnitzt und hobelt und leimt Stück für Stück zu einem dreidimensionalen Gebilde zusammen. Das macht mich richtig glücklich. Und dann erst der harzige Geruch und dieses feine Zischen und Pfeifen beim Hobeln! Ich liebe diese Arbeit. Manchmal empfinde ich mich als derjenige, der dem Holz so etwas wie Seele einhaucht. Das klingt jetzt kitschig, oder?

Bleiben wir doch gleich beim Thema: Welcher Seelenzustand ist Ihnen denn lieber? Der Zustand im Prozess? Oder das fixfertige Ding?

Das ist schwer zu sagen. Na ja, schon das Resultat, denn damit ist der Prozess noch lange nicht zu Ende. Ein neues Instrument, das soeben fertiggestellt wurde, muss eingespielt werden. Und zwar nicht von einem Anfänger, der zaghaft drüberstreicht, sondern von einem Profi, der das Instrument sensibel und sauber einspielt, damit das Holz so richtig gut einvibriert wird. Das dauert Wochen. In dieser Zeit entsteht, wenn ich das mache, eine noch intensivere Bindung zum Instrument. Wichtig ist außerdem, dass der Stimmstock, die sogenannte Anima, nach ungefähr einem Jahr ausgetauscht wird. Das Instrument gewöhnt sich an die Saitenspannung und gibt ein wenig nach, spätestens dann braucht's einen etwas längeren Stimmstock, damit die Spannung aufrechterhalten wird. Die Frage ist also: Wann ist eine Geige wirklich fertig?

Was würden Sie sagen?

Niemals. Sie lebt ständig weiter.

Warum macht es eigentlich einen Unterschied, ob das Instrument von einem Anfänger oder von einem Profi eingespielt wird?

Ein Instrument hat Tausende Klangfarben. Diese breite Palette kann eigentlich nur ein Profi rausholen. Anders als bei einem Anfänger kann ein guter Spieler das Instrument nämlich auf viele unterschiedliche Weisen zum Erklingen bringen. Und je mehr das Instrument durchvibriert wird, gerade am Anfang, desto besser klingt es mit der Zeit. Außerdem: Will man einen Fahrschüler wirklich in ein Renn-auto reinsetzen?

Was ist mit Temperaturschwankungen und Luftfeuchtigkeit?
Wie wirken sich diese auf das Instrument aus?

Eine Geige arbeitet lange nach. Bei trockener Luft, wie zum Beispiel im Winter, schwindet das Holz und zieht sich zusammen. Manchmal bekommt das Holz sogar einen Riss, oder eine Leimstelle springt auf. Das klingt aber schlimmer, als es ist, denn solche punktuellen Schäden sind leicht zu reparieren.

Wie genau geht man dann vor?

Aufgegangene Leimstellen entstehen meist während der Heizperiode. In diesem Zeitraum werden viele Instrumente zur Reparatur gebracht, um die eine oder andere Randstelle wieder zu verleimen. Ein guter Geigenbauer verleimt die Zarge mit dem Boden und der Decke nicht allzu fest, sondern lässt hier eine Soll-bruchstelle, damit das Instrument bei Luftfeuchtigkeitsschwankungen gege-benenfalls aufreißen kann. So ein Schaden an der Verbindungsstelle lässt sich leicht beheben. Das ist schnell nachgeleimt, das ist überhaupt keine Hexerei. Und wenn ein Riss im Holz entsteht, dann kann ich nur sagen: Reparieren kann man alles. Es ist nur eine Frage des Zeitaufwands.

Welche Faktoren muss ein Geigenbauer, abgesehen von
Temperatur und Feuchtigkeit, im Fertigungsprozess miteinbeziehen?

Oh, das ist ein Betriebsgeheimnis!

Wollen Sie mich in dieses Geheimnis einweihen?

Ich sage nur so viel: Ich kaufe mein Holz von einem Tonholz-Händler, der haupt-sächlich mit Fichte handelt und der genau weiß, worauf es bei Tonholz ankommt. Seine Spezialität ist, dass er beim Schlägern die Mondphasen berücksichtigt. Der ideale Zeitpunkt bei Fichte beispielsweise ist Neumond rund um Weihnachten, denn da hat der Baum am wenigsten Saft im Stamm. Dadurch ist das Holz tro-ckener und muss nicht mehr so lange lagern, bis man es bearbeiten kann. Gene-rell gilt: Je länger das Holz lagert, desto besser.

Das heißt, es geht um erster Linie um Luft- und Materialfeuchte?

Nicht nur, aber das ist ein sehr wichtiger Teilaspekt. Ich habe mir beispielsweise angeeignet, dass ich die Decke und den Boden, bevor ich sie mit dem Zargenkranz verleime, künstlich schwinden lasse, indem ich sie für einige Zeit auf den Heiz-körper oder aufs Fensterbrett in die Sonne lege. Indem man das Holz vor dem

Verleimen kurzfristig austrocknet und ihm die Feuchtigkeit nimmt, hat man die Gefahr von späteren Trocknungsrissen gebannt. Jeder Geigenbauer hat seine ganz persönlichen Tipps und Tricks. Das sind meine. Mehr möchte ich jetzt nicht verraten.

Welche Hölzer und Holzarten verwenden Sie wofür?
Das Deckenholz ist aus Fichte, denn Fichte ist steif und fest in der Längsrichtung und dafür ziemlich flexibel in der Querrichtung. Das sind genau die Eigenschaften, die man für die Decke braucht. Boden, Zargen und Hals sind aus Ahorn. Dieser ist im Vergleich zur Fichte homogener. Ich persönlich arbeite gerne mit stark geflammtem Ahorn, weil die Flammung durch die Lackierung hervorgehoben wird und so einen sehr schönen optischen Effekt erzeugt.

Fichte und Ahorn ... Ist das immer so?
Früher wurden oft auch andere Hölzer eingesetzt, und zwar Buche für die Zargen, Pappel oder Weide für Boden und Zargen, Birne für die Schnecke und Tanne für die Decke. Aber das kommt heute eher selten vor. Exotische Kundenwünsche, was die Auswahl des Holzes betrifft, stehen nicht unbedingt auf der Tagesordnung.

**Braucht man ein gutes räumliches Vorstellungsvermögen,
um so eine Geige zu bauen?**
Und wie! Das ist auf jeden Fall wichtig. Aber im Großen und Ganzen geht es um Erfahrungswerte. Jeder Arbeitsschritt hat System und baut auf dem vorhergehenden Schritt auf. Wenn man sich daran hält und dieses System befolgt, dann kann eigentlich nicht mehr viel schiefgehen.

**Ein schönes Detail der Geige sind die f-Löcher und die Schnecke am Ende
des Halses. Wie machen Sie die? Arbeiten Sie da nach einer Schablone?
Nach einer Formel? Nach Gefühl und Augenmaß?**
Da gibt es ganz unterschiedliche Ansätze. Manche Geigenbauer wenden bei der Konstruktion der Schnecken die Spiralkonstruktion nach Vignola oder Archimedes an, aber ich finde, dass man diesen Konstruktionen immer das Konstruierte ansieht. Ich persönlich zeichne meine Schnecken frei Hand. Das hat mehr Seele. Die Schneckenwindungen müssen so schön und harmonisch laufen, dass einem beim Hinsehen vor lauter Schwung ganz schwindlig wird. Dann ist's richtig.

Würden Sie jemals eine E-Geige bauen?
Wirklich heiß bin ich nicht drauf. Das ist ja nur ein Brettl mit Tonabnehmern. In der Pop- und Rockmusik haben E-Geigen absolut ihre Berechtigung, aber mit

klassischem Geigenbau hat das alles nichts zu tun. Hier wird nicht das Instrument zum Klingen gebracht, hier wird der Sound elektronisch mit Computer, Verstärker und Synthesizer erzeugt.

Gibt es noch Raum für Experimente?

Es gibt so viel Spielraum, dass ein Geigenbauerleben gar nicht ausreicht, um das alles auszuprobieren, was es an Möglichkeiten gibt. Die Sache ist nämlich die: Wenn ich experimentiere, dann darf ich pro Instrument immer nur einen Faktor verändern, denn sonst bin ich nicht mehr in der Lage, die Auswirkungen des Experiments nachzuvollziehen. Das kann die unterschiedliche Stärkenverteilung der Decke und des Bodens sein, das kann die Lage und Größe der f-Löcher sein, das kann die chemische Zusammensetzung des Lacks sein.

Wozu ist der Lack eigentlich nötig?

Gute Frage! Der Lack ist eine Vorsichtsmaßnahme gegen die alltäglichen Einwirkungen. Ohne Lack würde mit der Zeit der Schweiß des Musikers ins Holz eindringen und auf Dauer einen Schaden anrichten, den man dann nur noch mühsam beheben könnte. Der Lack hebt, wie ich meine, die Schönheit des Holzes hervor. Vor allem aber hat der Lack auch akustische Auswirkungen auf die Geige.

Antonio Stradivari hat seine Instrumente an der Innenseite mit einer dünnen Leimlösung bestrichen. Welchen Zweck hatte das?

Da gibt es viele einander widersprechende Forschungsergebnisse. Unklar ist, ob das eine Leim- oder Harzlösung war. Es ist auch unklar, ob das Stradivari selbst gemacht hat oder ob das die Arbeit von späteren Restauratoren ist. Da gehen die Meinungen auseinander. Die meisten vermuten, dass das Bestreichen mit Harz oder Leim den Zweck hatte, das Instrument auch an der Innenseite resistent gegen Luftfeuchtigkeit zu machen.

Macht man das heute immer noch?

Gibt es immer wieder. Ich mache das allerdings nicht. Ich habe schon viele alte Instrumente restauriert, die an der Innenseite unbehandelt waren. So gesehen orientiere ich mich lieber an den alten Meistern sowie an meiner Erfahrung.

Welche Bedeutung hat das Detail für Sie?

Eine sehr große! Ich schaffe es nicht, etwas unsauber zu lassen. Manche Geigenbauer bauen Instrumente und imitieren diese anschließend. Das heißt, sie bauen das Instrument zuerst fertig, und wenn die Arbeit abgeschlossen ist, wird auf künstliche Weise ein Alterungsprozess mit diversen Abnützungserscheinungen vorgetäuscht, zum Beispiel mit Kratzern im Lack oder mit dem einen oder anderen Pecker, der in die Oberfläche reingehaut wird. Damit das überzeugend und einigermaßen echt ausschaut, muss man diese Methode allerdings wirklich beherrschen. Ansonsten schaut das einfach nur peinlich aus. Ehrlich gesagt … das ist nichts für mich. Ich würde es nicht übers Herz bringen, eines meiner Instrumente so einer Tortur zu unterziehen. Meine Instrumente sollen natürlich altern und kein Fake sein.

Geigenbau ist eine sehr feine, sehr filigrane Arbeit. Was kann denn der Holzbau, der deutlich gröber und großmaßstäblicher ist, von Ihrer Disziplin lernen?
Die wichtigste Spielregel ist: Holz muss trocken sein, bevor man es verarbeitet. Ich habe daheim einen kaputten Parkettboden, der sich wölbt, weil er bei der Verlegung nicht trocken war. Und ich habe schon von vielen Bekannten gehört, dass sie mit zu feuchtem Holz immer wieder Probleme haben. Das dürfte ein Kardinalfehler in der Holzbaubranche sein. Scheinbar hat heute niemand mehr Geduld. Geld regiert die Arbeit. Das tut mir als Geigenbauer richtig weh. Das ist nicht ehrlich.

Yehudi Menuhin sagte: „Musik ist die einzige Sprache, in der man nicht lügen kann." Welche Wahrheit beziehen Sie persönlich aus Ihrer Arbeit?
Ich habe das Gefühl, dass ich mit jeder neuen Geige etwas über mein Leben lerne. Nur ein Beispiel: In der Regel schneidet man das Holz in die Faserrichtung, wenn man den Boden oder die Decke bearbeitet. Ansonsten würde das Holz einreißen. Aber wenn man ein scharfes Werkzeug hat, dann kann man auch einmal gegen die Faser schneiden. Daraus ließe sich ableiten, dass es einfach ist, mit dem Strom zu schwimmen, aber wenn man etwas wirklich will und seine Fähigkeiten richtig einsetzt, dann kann man auch einmal dagegen schwimmen.

Ist der Job des Geigenbauers auch für jemanden, der zart besaitet ist?
Ja und nein. Einerseits muss man natürlich eine große Sensibilität und Feinheit an den Tag legen. Andererseits braucht man schon auch starke Nerven. Als Geigenbauer muss man immer auch Handwerker, Restaurator, Psychologe und Geschäftsmann sein.

Wie viel ist Ihre Arbeit wert?
Unbezahlbar! Nein, das stimmt nicht. Eine selbst gebaute Geige kostet 17.000 Euro, eine Bratsche 18.000 Euro, ein Cello um die 30.000 Euro. Hinzu kommen die Reparaturen und Restaurationen alter Instrumente, die ich auch mache, auch

da ist der Preis abhängig vom Arbeitsaufwand. Ich habe auch schon einmal eine Geige restauriert, die von einem Auto überfahren wurde. So ein Instrument zu retten ist wie eine CSI-Doktorarbeit.

Steht der Betrag, den Sie bekommen, in einer Relation zu der Leidenschaft, die Sie in Ihre Instrumente investieren?
Den wirklichen Lohn für meine Arbeit bekomme ich, sobald das Instrument fertig ist und ich es einem Musiker übergeben darf, der meine Arbeit wertschätzt und damit Freude hat.

Was ist das größte Geschenk, das Ihnen Ihre Arbeit bereitet?
Ich mag den Kontakt zu den Musikern. Besonders aber freut mich, wenn ich nach vielen Jahren ein Instrument, das ich gebaut habe, wieder in die Hände kriege und sehe, wie es sich verändert und entwickelt hat. Das Gefühl des Wiedersehens ist unbeschreiblich.

Ich nominiere: Bruno Mader

Ich bin Bruno Mader erst einige Male begegnet. Doch ich verfolge seine Arbeit schon seit geraumer Zeit. Es ist erfrischend zu sehen, wie cool und nonchalant er an den großen Maßstab, an große Volumina herangeht. Er hat keinerlei Berührungsängste, auch groß dimensionierte Bauten in Holz zu machen. So etwas findet man in Europa nicht oft. Das ist schon ziemlich beeindruckend! Vor allem vor dem Hintergrund, dass Holz ein Baustoff ist, der in vielen Regionen Frankreichs keine allzu lange Tradition hat, bewundere ich seine Ausdauer und seine Überzeugungskraft. Bruno Mader ist für mich ein Beispiel für einen unverbesserlichen Optimisten. Und diesen Optimismus spürt man in jedem einzelnen seiner Projekte. Ich denke da nur an das Schulzentrum in Nantes, das er rundum mit Kastanienstämmen verkleidet hat. Normalerweise kommt diese Konstruktion als Windschutz am Strand zum Einsatz, doch hier markiert er damit die Grenzen eines Schulhauses. Die Fassade wird damit zur Metapher von Ferien am Meer in der Bretagne. Ich denke, das ist ein lebendiges, beinahe verspieltes Element, ohne dabei jemals kindisch oder gekünstelt zu wirken. Diesen gestalterischen Spielraum, diese behördliche Freiheit würde ich mir auch in Mitteleuropa wünschen. Da können wir uns alle etwas abschauen.

Helmut Dietrich, Architekt

Bruno Mader

geboren 1956 in La Rochelle, studierte Architektur an der École Nationale Supérieure d'Architecture (ENSA) in Paris-Belleville. Er sammelte umfangreiche Berufserfahrung in Frankreich und gründete 1989 sein eigenes Büro in Paris. Bislang hat er rund 20 Projekte realisiert, darunter die Autobahn-Raststation in Baie de Somme (1998), das Ecomuseum La Grande Lande Marquèze in Sabres (2008), das Schulzentrum in Nantes (2012), den Verwaltungssitz der Region Auvergne (2014) sowie das Geschichts- und Kriegsmuseum in Gravelotte (2014). In den meisten seiner Bauten spielt Holz konstruktiv und atmosphärisch eine zentrale Rolle. Mader wurde mit dem Holzbaupreis Prix national de la Construction Bois 2008 und 2013 ausgezeichnet und ist seit 2015 ordentliches Mitglied der Académie d'Architecture.

Ich liebe es, einem Holzhaus beim Wachsen zuzuschauen

Der Pariser Architekt Bruno Mader baut nicht nur, aber immer lieber und immer häufiger mit Holz. Er liebt die Sinnlichkeit dieses Baustoffs. Und auch die Tatsache, dass das Holz manchmal so etwas wie das Echo der umgebenden Landschaft ist. Seine brennende Leidenschaft ist eine wichtige, denn dem von Ziegel und Beton geprägten Land steht noch ein langer Holzweg bevor.

Haben Sie ein Lieblingsmaterial?
Würden wir sonst dieses Gespräch führen? Ich arbeite sehr gerne mit Holz. Das ist ein vielfältiger und oftmals unterschätzter Baustoff.

Wie haben Sie Ihren persönlichen Holzweg gefunden?
Seit ich denken kann, beschäftige ich mich, bevor ich ein Projekt starte, mit den lokalen Materialien und Ressourcen vor. Ich möchte mit meinen Gebäuden einen Dialog mit dem Genius Loci eingehen, ich möchte einen Kontext zwischen Architektur und Landschaft herstellen. Nicht zuletzt ist Holz, was seine Herkunft, seine Verarbeitung und seine CO_2-Bindung betrifft, ein sehr ökologischer Baustoff.

Können Sie sich daran erinnern, bei welchem Projekt Sie das erste Mal Holz eingesetzt haben?
Ja, das war 1998 bei der Autobahnraststation Sailly-Flibeaucourt an der A16. Ein riesiges Gebäude mit 100 Metern Länge, sehr viel Glas und einem großen, flachen Dach darüber. Durch die großen Glasscheiben sieht man direkt in die Landschaft hinaus. Holz ist ja nicht gerade der Baustoff, an den man denkt, wenn man im Auto fährt oder zum Tanken hält. Doch in diesem speziellen Fall habe ich Holz gewählt, weil in der Nachbarschaft viele traditionelle Holzbauten stehen. Immerhin sind wir hier im Département Picardie, nicht weit vom Atlantik. Ein bisschen spiegelt sich diese ganz besondere Stimmung der Picardie auch im Haus wider. Wenn man so will, ist die Raststation eine Art Echo der Landschaft.

Wie waren denn die Reaktionen auf dieses Projekt?

Sehr positiv! Das hätte ich mir, ehrlich gesagt, nicht erwartet. Ich habe nämlich die Erfahrung gemacht, dass die Meinung von Fachwelt und breiter Öffentlichkeit manchmal diametral auseinandergehen. Die einen lieben ein Projekt, die anderen hassen es. Doch beim Baustoff Holz ist das scheinbar anders. Die Autobahnraststation wurde durchwegs gutgeheißen und geschätzt. Ich nehme an, dass sich Holz besser dazu eignet, zeitgenössische Architektur zu transportieren. Es stößt auf mehr Akzeptanz.

Eines Ihrer vielleicht radikalsten und bekanntesten Bauwerke ist das Musée Sabres im Nationalpark Landes de Gascogne in der Nähe von Bordeaux.

Das war 2008. Ich werde auf dieses Projekt wirklich am häufigsten angesprochen. Das Museum ist eine Art Ensemble aus mehreren langgestreckten Pavillons. Die Fassade wirkt zunächst sehr glatt und eben, doch bei genauerem Hinsehen erkennt man die linierte Struktur des Holzes, die Lamellen, die sich über das gesamte Gebäude ziehen. Von manchen Blickwinkeln erscheint das Haus dunkel und hermetisch, von anderen hingegen luftig und leicht. Es ist ein Spiel mit Licht und Schatten. Ich mag das Museum sehr, denn es fügt sich, obwohl es streng geometrisch konzipiert ist, auf eine gewisse natürliche Art in die Umgebung.

Sie haben bei diesem Projekt ein sehr ungewöhnliches Holz, nämlich Seekiefer, verwendet.

Wir sind hier in einem Nationalpark, daher war mir wichtig, mich auf die lokalen Ressourcen zu konzentrieren. Die Seekiefer ist ein Baum, der hier heimisch ist und der hier zu Tausenden vorkommt. Wir haben das Holz für die Fassade, aber auch für die gesamte Konstruktion verwendet. Seekiefer ist zwar wirklich nicht das beste Bauholz, denn die Festigkeit recht bei Weitem nicht an die anderer Bauhölzer heran, doch es war eine Entscheidung zugunsten des Ortes. Und es war, wenn Sie so wollen, ein Zeichen und ein Symbol für den respektvollen Umgang mit Ressourcen.

Was bedeutet Holz für Sie persönlich?

Für mich persönlich ist Holz vor allem eine sinnliche Komponente, ob das nun haptisch oder olfaktorisch ist. Man spürt und riecht sofort, dass etwas anders ist. Darüber hinaus ist Holz ein sehr schneller, effizienter und vor allem exakter Baustoff.

Das heißt?

Im Holzbau kann man, wenn man die richtige Technologie verwendet, millimetergenau planen und bauen. Das ist mit einer Betonkonstruktion nicht machbar. Ich liebe es, einem Holzhaus beim Wachsen zuzuschauen. Das ist die spannendste Zeit auf der Baustelle! Die einzelnen Stücke kommen an, sind fixfertig, werden nur noch ineinander gesteckt und miteinander verschraubt. Alles ist sauber, alles passt und sitzt. Diese Präzision ist für mich eine visuelle und intellektuelle Genugtuung.

Gibt es bestimmte Hölzer, mit denen Sie am liebsten arbeiten?
Nein, das kann man so nicht sagen. Ich mag es, wenn das Holz aus der Nähe kommt. In Clermont-Ferrand habe ich unlängst für die Region Auvergne ein Verwaltungsgebäude mit Büros und Meeting-Räumlichkeiten fertiggestellt. Es ist ein Haus mit fünf Geschoßen. Die ersten zwei Stockwerke aus Beton, darüber gibt es dann drei Stöcke aus Holz. Das räumliche Ambiente ist ein sehr schönes. Die Mitarbeiterinnen und Mitarbeiter sind so richtig happy. Sie sagen, sie fühlen sich hier sehr wohl, fast so wie daheim.

Wie wohnen Sie denn selbst?
Ich wohne im 13. Arrondissement, in einem Stahlhaus direkt an der Place d'Italie. Das Haus wurde 1960 von Édouard Albert, einem sehr guten Architekten, geplant und gebaut und gilt als das erste Wohnhochhaus von Paris. Der Tour Albert ist sehr beliebt und berühmt, vor allem unter den Architekturschaffenden und Kreativen. Das Gebäude hat eine gewisse Vertikalität, die Konstruktion ist leicht und schlank, die Fenster reichen von der Decke bis zum Boden.

Also ganz anders als das, was Sie planen?
Ob Sie's glauben oder nicht, aber ich baue nicht nur in Holz! Ich arbeite dort mit Holz, wo es Sinn ergibt. Mitten in Paris, in einem typischen Viertel mit dem Flair von Baron Haussmann, würde ich wohl eher nicht mit Holz bauen. Das kann ich mir nicht vorstellen. Das wäre mir zu aufdringlich. Doch in meiner Wohnung, muss ich zu meiner Verteidigung sagen, habe ich sogar einige Wände in Holz verkleiden lassen. Ich denke, das war meine Art, meine Sehnsucht nach Wärme und Geborgenheit zu stillen. Ansonsten ist die Architektur in der Tour Albert aber tatsächlich recht minimalistisch gehalten.

Generell ist Holz in Frankreich, sagen wir einmal, kein sehr prominenter Baustoff. Liegt das an der Massivbau-Lobby, die in diesem Land sehr einflussreich ist?
Ja, definitiv. Wir sind ein Land aus Beton. Die größten Unternehmen in Frankreich sind große Zement- und Betongruppen. Die drei Konzerne, die das Land regieren, zählen zu den insgesamt zehn größten Bauunternehmen weltweit. Das muss man

sich einmal vorstellen! Beton- und Massivbau ist in Frankreich fast so etwas wie ein Materialmonopol.

Wo nehmen Sie Ihr Know-how her?

Nachdem es mit Holzbau hierzulande nur wenig Erfahrung gibt, mussten wir uns das Know-how selbst erarbeiten. Vor 40 Jahren noch hat man Holz bestenfalls für landwirtschaftliche Bauten oder für Häuser hoch in den Bergen verwendet, wo man den Transport massiver Baustoffe sonst nur schwer hätte argumentieren können.

Wo steht Frankreich heute?

Ich denke, dank der ökologischen Diskussion und Auseinandersetzung mit Nachhaltigkeit und Ressourcenschonung erlebt das Material Holz in den letzten Jahren einen gewissen Aufschwung. Die Klischees und schlechten Erfahrungen hinsichtlich Alterung und Instandhaltung sind Geschichte. Gute, attraktive Beispiele – und davon gibt es immer mehr, auch im sozialen Wohnbau – beweisen, dass Holz ein willkommener Baustoff ist. Einige der großen Bauunternehmen haben sogar schon eigene Holzabteilungen gegründet. Das gibt mir Hoffnung.

Würden Sie mit mir zum Abschluss einen Blick in die Zukunft des Holzbaus werfen?

Die Holzlobby ist noch ganz klein, aber es wird schon! Die Kunden werden immer offener und aufgeschlossener. Viele Architektinnen, viele Architekten sagen, dass sie sich vorstellen können, in Zukunft mehr mit Holz zu machen und auch mehr zu experimentieren. Und auch die Professionisten lernen schnell dazu und sind mittlerweile in der Lage, sehr sorgfältig in Holz zu bauen. Alles in allem kann man also sagen: Es tut sich was!

Ich höre da ein leises Aber heraus …

Bloß die Wissenschaft und Forschung lassen zu wünschen übrig. Damit hinken auch die Behörden mit ihren Gesetzen und Bauvorschriften hinterher. In vielen Bereichen gibt es noch keine entsprechenden Zertifizierungen, was den Einsatz von Holz erheblich erschwert. Das gehört dringend überarbeitet. Da erwarte ich mir in Zukunft etwas mehr Dynamik.

Holz ist …

Holz ist ein natürliches Material. Es ist der älteste Baustoff der Menschheit. Und die Entwicklung und Entdeckung seiner Potenziale ist noch lange nicht abgeschlossen.

Ich nominiere: Bruno Ludescher

Ich habe Bruno Ludescher schon oft getroffen. Zuletzt hat er ein Seminar über den Umgang mit dem Eurocode gehalten. Mir imponiert sehr, wie gut er solche komplexen Lehrinhalte vermitteln kann. Er denkt klar und geradlinig und hat einen guten Praxisbezug. Ich merke beim Arbeiten, dass Projekte mit ihm gut von der Hand gehen. Vor allem aber ist Bruno Ludescher ein Netzwerker, und zwar nicht nur in sozialer Hinsicht, sondern auch interdisziplinär. Er ist in der Lage, sich in die unterschiedlichen Positionen von Architekten, Technikerinnen und Holzbauern hineinzudenken und die Disziplinen gut, kreativ, praktikabel, aber auch ästhetisch wertvoll miteinander zu verbinden. Ich denke, das ist es, was einen guten Statiker, eine gute Tragwerksplanerin auszeichnet.

Herbert Brunner, Holzbauer

Bruno Ludescher

geboren 1968 in Bregenz, studierte Bauingenieurwesen an der TU Wien und an
der Universität Innsbruck. Seit 1995 ist er als Tragwerksplaner tätig. Seit 2000 arbeitet er bei gbd ZT GmbH Ingenieurkonsulenten für Bauwesen in Dornbirn. Seine
Spezialgebiete sind im Bereich Holzbau und Sanierungen angesiedelt. Zu seinen
jüngsten Holzbauprojekten zählen die Wohnanlagen im Hunziker Areal in Zürich,
der Neubau der Messehallen in Dornbirn sowie die Sanierung der Brücke über die
Dornbirner Ach.

Ich bin ein Freund
von heimischen Hölzern

Bruno Ludescher ist Tragwerksplaner im Dornbirner Ingenieursbüro gbd. Er hat sich auf die Berechnung von Holzbauten spezialisiert. Das Schöne daran: Nicht immer lässt sich Holz bis auf den letzten Millimeter berechnen. Bei so manchem runden Baumstamm muss so manches Mal die Wahrscheinlichkeitsrechnung herhalten. Und bei einigen Projekten, da sprühen die Funken.

Wann sind Sie erstmals mit Holz in Kontakt gekommen?

Das war in meiner Kindheit. Ich kann mich noch gut erinnern. Durch die Arbeit im familieneigenen Wald bin ich schon sehr früh mit dem Material Holz in Berührung gekommen. Meist waren wir als Kinder beim Aufforsten, Auslichten oder Schneiden des Brennholzes mit dabei. Ab einem gewissen Alter durfte ich sogar ins nahe gelegene Sägewerk mitgehen und beim Verarbeiten des eigenen Bauholzes mithelfen. Das war echt schön.

Was haben Sie damals empfunden?

Spieltrieb, Stimmung, Atmosphäre, Geruch, Verstecken, Faszination! Schon damals habe ich den Wald mit all meinen Sinnen wahrgenommen. Für mich war der Umgang mit dem Material Holz ganz selbstverständlich – bei der Arbeit, aber natürlich auch beim Spielen.

Heute sind Sie 46. Hat sich an der Sinnlichkeit in all den Jahren etwas verändert?

Nein, eigentlich nicht – nur vielleicht etwas erweitert. Ich finde, das Wort „sinnlich" beschreibt die Beziehung zum Holz recht gut, denn tatsächlich kann Holz mit unterschiedlichen Sinnen wahrgenommen werden. Sei es beim Riechen von frisch gesägtem Holz, beim Anfassen eines Möbelstücks oder beim Betrachten der jahreszeitlichen Veränderungen eines Waldes. Und: Man kann Holz sogar hören! Beispielsweise eine Stiege in einem hundert Jahre alten Bauernhaus … das lebt, das knarrt mit jedem Schritt. Wenn das nicht sinnliches Erleben ist!

Sie besitzen heute einen eigenen Wald.
Ja, zusammen mit meinen Geschwistern bewirtschaften wir circa vier Hektar Wald. Die Waldarbeit ist für mich eine sehr gute Abwechslung zum Büroalltag. Und es ist auch eine Art Hobby.

Gehen Sie oft in ihrem Wald spazieren?
Wenn ich ehrlich bin, leider viel zu selten.

Weshalb?
Die berufliche Tätigkeit fordert einem viel Zeit ab. Wir sind insgesamt rund 60 Mitarbeiter und Mitarbeiterinnen, mein Bereich ist die Statik und Tragwerksplanung. Zusätzlich ist die Arbeit oft recht anspruchsvoll, sodass eine ständige Weiterbildung unerlässlich ist. Da bleibt nicht viel Zeit zum Spazieren.

gbd gibt es seit circa 45 Jahren. Wie hat sich das Profil des Unternehmens seitdem geändert?
Ursprünglich, sprich in den Sechziger- und Siebzigerjahren, waren in dem Zivilingenieurbüro nur wenige Mitarbeiter beschäftigt. Vor etwa 14 Jahren erweiterte sich die Geschäftsleitung und man hat sich, neben der Statik und Bauleitung, mehreren neuen Betätigungsfeldern gewidmet. So betreiben wir heute unter anderem ein eigenes Prüflabor für Fassaden und Metalle, diverse Schallprüfstände, und seit ein paar Jahren sind wir eine akkreditierte und notifizierte Prüf- und Inspektionsstelle. Zudem stellen wir auch Zertifizierungen aus. Sie sehen also, die Bandbreite ist eine recht große.

Haben Sie als Tragwerksplaner einen besonderen Schwerpunkt?
Ja, meine Vorliebe gilt dem Material Holz. Ich versuche jedoch, unseren Auftraggebern, wenn möglich, eine gesamte statische Betreuung der Projekte zu bieten. 20 bis 30 Prozent meines Aufgabenbereichs sind daher im Massiv- und Stahlbau angesiedelt. Allerdings befasse ich mich nicht nur mit Neubauten, sondern immer häufiger auch mit Sanierungen von bestehenden Bauwerken. Das ist ein sehr interessantes Aufgabengebiet. Alles in allem muss ich sagen: Ich arbeite sehr gerne mit Holz und ich mag das Material.

Gibt es eigentlich unterschiedliche Berechnungsmethoden bei unterschiedlichen Hölzern?
Ich würde sagen, grundsätzlich nicht. Selbstverständlich werden je nach Holzart andere Materialeigenschaften rechnerisch angesetzt, aber das Problem ist, dass spezielle Holzeigenschaften nur sehr schwer in einer Norm berücksichtigt

werden können. So kann eine langsam gewachsene Fichte aus dem Gebirge, die auf 1.600 Meter Seehöhe gewachsen ist, sehr wohl deutlich bessere Eigenschaften besitzen als ein herkömmliches Nadelholz unten aus dem Tal. Dieser Umstand wurde von Zimmerleuten in der Vergangenheit des Öftern ganz gezielt ausgenutzt. So hat man damals Dachkonstruktionen mit teilweise erstaunlich geringen Dimensionen ausgeführt, die dennoch Jahrhunderte lang den äußeren Belastungen standgehalten haben. Wie soll man mit diesen Erfahrungswerten normenkonform umgehen? Speziell bei Um- oder Zubauten kommt man dann als Tragwerksplaner in die schwierige Situation, dass bestehende Konstruktionen rechnerisch so gar nicht funktionieren und eigentlich gar nicht tragfähig sein dürften. Da gibt es eine Kluft zwischen Realität und Praxis.

Welche Parameter fließen denn in eine Berechnung mit ein?

Auf der Widerstandsseite werden diverse Festigkeitsklassen für Schnitt- und Brettschichtholz unterschieden, abhängig davon, ob es sich um Nadel- oder Laubholz handelt. Daneben werden Faktoren wie etwa Länge der Lasteinwirkung sowie Holzfeuchte berücksichtigt. Auf der Einwirkungsseite werden, unabhängig vom Baustoff Holz, die Lasten gemäß Eurocode angesetzt.

Gibt es eine Holzart, mit der Sie besonders gerne arbeiten?

Interessante Frage! Darüber habe ich mir eigentlich noch nie den Kopf zerbrochen. Sagen wir mal so: Ich bin ein Freund von einheimischen Hölzern, die in der Region wachsen und dafür sorgen, dass die Wertschöpfungskette im Land bleibt. Für den statisch konstruktiven Bereich verwenden wir hauptsächlich Fichte, Weißtanne und Lärche. Diese Holzarten sind auch mir persönlich sehr sympathisch. Hochwertige Hölzer, etwa aus Übersee, sind hier eher die Ausnahme.

Gibt es ein exotisches Projekt, an das Sie sich erinnern?

Exotisch beschreibt die Sache vielleicht nicht ganz genau, aber ich kann mich noch sehr gut an ein Projekt erinnern, bei dem wir eine wahrscheinlich weit über 500 Jahre alte Eichenstütze bearbeiten sollten. Trotz frisch geschliffener Säge und trotz sehr großer Anstrengungen war es uns fast nicht möglich, den Bauteil zu bearbeiten. Ein Mitarbeiter meinte, beim Sägen sogar Funken gesehen zu haben! Ein anderes Mal haben wir bei einer Produktionshalle natürlich gewachsene, runde Baumstämme als Stützen verwendet. So etwas ist rechnerisch nicht einfach, denn da gibt es weder eine CE-Kennzeichnung, noch bestehende Qualitätsprüfungen, auf die man zurückgreifen kann. De facto muss man jeden einzelnen Baumstamm überprüfen, einschätzen und individuell berechnen. Da ist Augenmaß gefragt. Solche Projekte machen besonders viel Spaß.

Ist die rechnerische Sicherheit bei Holz komplizierter als bei anderen Baustoffen?

In gewisser Weise schon. Wie gesagt: Die Dauer der Lasteinwirkung muss bei Holz rechnerisch berücksichtigt werden. Dies macht die Bemessung etwas aufwendiger als früher. Dafür kann mit dem aktuellen semiprobabilistischen Sicherheitskonzept sehr gut auf neue Entwicklungen im Bauwesen reagiert werden. Auch das Mischen von verschiedenen Baustoffen wurde dadurch deutlich erleichtert.

Semiprobabilistisch? Halbwahrscheinlich? Das müssen Sie erklären!

Früher wurde der Sicherheitsaufschlag deterministisch bestimmt. Es gab also einen vorgegebenen Sicherheitsbeiwert, und das war's. Heute hingegen muss man einen Teil der Sicherheit der Widerstandsseite und einen Teil der Einwirkungsseite zuordnen.

Hilfe!

Na ja, so schlimm ist es nicht. Die genauen Koeffizienten hängen von der Art des Bauwerks, vom Standort und vielen anderen, weiteren Parametern ab. Das Thema ist zu Beginn ziemlich komplex.

Eine persönliche Prognose zum Abschluss?

Ja, wenn ich mir etwas wünschen darf, dann das: Im Einfamilienhausbau wird Holz bei uns bereits sehr erfolgreich eingesetzt. Im mehrgeschoßigen Holzbau im urbanen Raum jedoch sollte Holz stärker zum Einsatz kommen. Hier könnten wir uns beispielsweise von unseren westlichen Nachbarn ein Scheibchen abschneiden, wo fünf- oder sechsstöckige Holzwohnbauten, etwa in Zürich, schon des Öftern realisiert wurden. Der Trend zum Massivholzbau geht meiner Meinung nach in die richtige Richtung. Für spezielle Anwendungen kann der Einsatz einer Holz-Hybridbauweise durchaus sinnvoll sein. Wichtig ist, dass man den Baustoff Holz dort einsetzt, wo er Sinn ergibt und wo seine Stärken liegen. Wenn uns das gelingt, dann werden wir uns an guten Holzbauprojekten lange erfreuen können.

Ich nominiere: Dominique Gauzin-Müller

Die gedankliche Auseinandersetzung mit dem Baustoff ist ein Schlüssel zu guter Arbeit. Bei Holz ist die Materialkenntnis, die Geschichte rund um eine Materie besonders wichtig, denn Holz ist ein natürlicher Rohstoff, der im Bauwesen ganz unterschiedliche Entwurfshaltungen erfordert. Dominique Gauzin-Müller ist meines Erachtens eine wunderbare Beobachterin, denn es gelingt ihr, dem Material Holz einen unverwechselbaren Wert beizumessen, ohne dabei jemals dogmatisch zu sein. Vielleicht liegt es an ihrer französischen Herkunft, dass sie ihr Holzwissen und ihr gesamtes ökologisches Know-how mit so viel Leichtigkeit und Natürlichkeit in Worte packt. Immer wieder mischen sich in ihre Geschichten auch philosophische Ansätze. Und zwischen den Zeilen flackert eine Leidenschaft für den verantwortungsvollen Umgang mit unserer Umwelt durch. Dominique Gauzin-Müller ist eine didaktische Meisterin. Ich lese ihre Bücher sehr gern. Haben Sie sich schon einmal gefragt, wie der Klang eines Holzhauses beschaffen ist? Lesen Sie es nach!

Wolfgang Ritsch, Architekt

Dominique Gauzin-Müller

geboren 1960 in Vincennes, studierte Architektur an der École d'Architecture Paris-Tolbiac und ist Spezialistin für Holzbau, Lehmbau und Nachhaltigkeit in Architektur und Städtebau. Seit 1986 lebt sie als Autorin, Publizistin und Ausstellungskuratorin in Stuttgart. Ihre Bücher, u.a. *Construire avec le Bois* (1999), *25 maisons en bois* (2003) und *L'architecture écologique du Vorarlberg* (2009) wurden bereits in mehrere Sprachen übersetzt. Sie schreibt in zahlreichen europäischen Architekturzeitschriften und ist Chefredakteurin der französischen Architekturzeitschrift *EcologiK/EK*, die einen umfassenden Bogen von Architektur, Städtebau und Nachhaltigkeit bis hin zu gesellschaftlichen Themen spannt. Gauzin-Müller lehrt an der Architekturfakultät in Stuttgart sowie an der École Nationale Supérieure d'Architecture in Straßburg. Für die Kunstuniversität Linz, Lehrgang überholz, kuratierte sie die Ausstellung *Die Leichtigkeit des Seins. Aktuelle Bauten aus Holz in Frankreich*.

Und dann gehe ich zu meinen Eichen ...

Holz ist für die in Stuttgart lebende Autorin Dominique Gauzin-Müller ein Material, das Sanftheit und Zartheit ausstrahlt. Das spiegelt sich auch in ihren Texten wider. Umso wichtiger ist es, sagt sie, dass wir den Bezug zur Natur nicht verlieren, denn mit Beton werden wir nervös, und mit Laminat verlieren wir auch noch die letzten Wurzeln, die wir haben. Das kann sie nicht mit ansehen. Dann bricht sie lieber auf zu ihrem Lieblingseck im Eichenhain.

Wie schreibt man über Holz?
Eigentlich nicht anders als über andere Materialien. Doch der Effekt ist ein grundlegend anderer. Holz lässt niemanden kalt. Wenn man über Holz schreibt, wird es gleich emotional. Gerade im Holzbau beschreibt man ja nicht nur die Arbeit des planenden Architekten, sondern vielmehr auch die Arbeit der Handwerker, der Zimmerleute und Tischlerinnen, ja man beschreibt die Seele des Gebäudes. Wenn man über Holz schreibt, findet man öfter Wörter, die mit Haptik, Temperatur und menschlichen Charaktereigenschaften zu tun haben. Man schreibt über Freundlichkeit, über Wärme, über die Qualität der Oberfläche. Ein Ausdruck, den ich im Französischen sehr gerne benütze, ist „la douceur", was so viel bedeutet wie Zartheit und Sanftheit. Über einen Betonbau sagt man so etwas selten ...

Ihr erstes Holzbuch, und davon haben Sie bereits einige geschrieben, ist 1985 erschienen. Was hat sich seit damals verändert?
Anders als heute war Holzbau damals noch kein Thema in der Architektur, schon gar nicht in Frankreich. Das war nur etwas für eigenartige Ökologen, für Planer wie Roland Schweitzer und Pierre Lajus. Soviel ich weiß, war mein Buch das erste echte französische Buch auf dem Markt, das überwiegend nationalen Holzbauten gewidmet war. Die anderen Bücher waren meist Übersetzungen aus dem Deutschen. Das zeigt auch, dass man in Deutschland, Österreich und der Schweiz im Denken damals schon sehr viel weiter war. Das ist heute anders. Auch wenn es Holz gerade in so einem betonlastigen Land wie Frankreich natürlich entsprechend schwer hat, würde ich dennoch behaupten, dass es sich zu einem wertvollen,

hoch geschätzten Baustoff entwickelt hat. Vielleicht haben meine Bücher dazu ein kleines bisschen beigetragen. Das würde mich freuen.

Wie fühlen Sie sich, wenn Sie ein Holzhaus betreten?
Ich fühle mich willkommen geheißen, geschützt und geborgen. Kennen Sie den Ausdruck „enveloppé"? Das könnte man am ehesten mit eingehüllt, gut einge-packt bezeichnen. „Enveloppé" bedeutet, dass man sich so wohl fühlt wie in einem gemütlichen Wohnkleid. Erst kürzlich hatte ich wieder einmal dieses ganz spezielle Gefühl, als ich ein Bauwerk aus Holz betreten habe.

Und zwar?
Das war das Agrarbildungszentrum in Altmünster, Oberösterreich, das von den Vorarlberger Architekten Fink und Thurnher geplant wurde. 2013 wurde das Ge-bäude mit dem Staatspreis für Architektur und Nachhaltigkeit sowie mit dem europäischen Preis *Constructive Alps* ausgezeichnet. Eine wunderbare Schule! Boden, Wand und Decke – alles ist aus feinstem Holz in hervorragender hand-werklicher Qualität. Sobald man das Haus betritt, muss man einfach die Schuhe ausziehen. Man kann gar nicht anders.

Und was sagt die Buchautorin dazu? Wie fühlt sich das Holz unter den Füßen an?
So, dass ich dann die ganze Zeit barfuß durch das Haus gelaufen bin. Der Boden ist aus naturbelassener, sägerauer Weißtanne. Ich habe faszinierend gefunden, wie sehr man da jede kleinste Unebenheit in der Fußsohle spürt. Du spürst ein-fach alles. Du spürst, dass du lebst. Der Ort verleiht dir eine wahnsinnige Kraft und zugleich eine innere Ruhe. So, ich glaube, das war jetzt druckreif, oder?

„Du spürst, dass du lebst." Lässt sich diese „wahnsinnige Kraft", wie Sie meinen, auch objektiv messen?
Ja, man kann diese Kraft wissenschaftlich nachweisen. 2009 hat das Human Research Institut in Weiz eine bemerkenswerte Studie durchgeführt, und zwar mit dem Titel „Schule ohne Stress". Dabei wurde bei der Renovierung der Haupt-schule in Haus im Ennstal das Wohlbefinden der Kinder und Jugendlichen in zwei Klassen mit Standardmaterialien und zwei Klassen mit Massivholz gemessen. Anschließend hat man bei diesen circa 50 Schülerinnen und Schülern diverse Gesundheitsparameter gemessen: Wie hoch ist der Puls? Was macht die Herzfre-quenz? Und was sagt uns der Vagustonus? Das ist ein herzschonender Erholungs-indikator, denn der Nervus Vagus repräsentiert jenen Teil des vegetativen

Nervensystems, der für Erholung und Gesundheit zuständig ist. Die Unterschiede waren enorm! Die Holzkinder waren weitaus ruhiger und entspannter, die Betonkinder hingegen waren allesamt aufgeregter und quirliger. Schon ein altes Sprichwort aus Norwegen besagt: „Wenn man in einem Holzhaus wohnt, braucht man nicht zum Arzt zu gehen." Da ist was Wahres dran!

Sie selbst wohnen in einem Haus aus Beton.

Ich bedauere es sehr, aber ich lebe in Stuttgart, und da hat Holzwohnbau keine Tradition. Ich lebe in einem Betonhaus aus den Siebzigerjahren. Allerdings habe ich das Haus 1999 renoviert und habe in diesem Zuge die Inneneinrichtung und die Möbel komplett aus Holz entworfen: Küche, Büro, Wohn- und Schlafzimmer, einfach alles. Die Zusammenarbeit mit dem Tischler war ein tolles Erlebnis. Aber sobald ich eines Tages in meine Heimat zurückkehre, in diese kleine Stadt an der Dordogne, werde ich auf dem Familiengrundstück auf jeden Fall ein Holzhaus errichten.

In Stuttgart geht also man öfter zum Arzt …

Ja, wahrscheinlich. Eine Freundin von mir wohnt in einem der wenigen Häuser dieser Stadt, die komplett aus Holz errichtet sind. Sie hat es selbst entworfen. Immer, wenn ich das Haus betrete, muss ich einen tiefen Seufzer machen: Aaaaah! Da ist es schön zu wohnen!

Warum verwendet man nicht öfter Holz, wenn sich die Leute darin so wohl fühlen?

Holz hat nur eine ganz kleine Lobby, die erst anfängt zu arbeiten. Drei der zehn größten Bauunternehmen der Welt sind Franzosen. Da können Sie sich vorstellen, dass das Marktdiktat ein anderes ist. Ich bin davon überzeugt: Was man in einem Holzgebäude spürt, ist nicht zuletzt die Liebe, mit dem es konzipiert und umgesetzt wurde. In einem Vorarlberger Holzhaus spürt man die Sorgfalt und das Können der Handwerker, die das Gebäude errichtet haben. In der Vorarlberger Handwerkskunst beispielsweise geht es darum, die Qualität zu optimieren – und nicht die Marge. Aber erklären Sie das einmal einem Konzern!

Probieren wir's doch einfach. Wie könnte so ein Plädoyer an die Bauwirtschaft ausfallen?

Ich formuliere diese Plädoyers immer wieder in meinen Büchern und seit 2007 auch als Chefredakteurin des französischen Magazin *EcologiK/EK*. Vielleicht nützt es was.

Wie lautet denn Ihr eigenes Holzplädoyer, an sich selbst?

Ich sage zu mir: Dominique, vergiss nie, dass Holz ein lebendes Wesen ist! Bei einigen Völkern – und bei uns in Mitteleuropa war das bis vor einigen Jahrhunderten auch der Fall – gelten Bäume bis heute als die Könige der pflanzlichen Wesen, ja sogar als Götter! Ich glaube, wenn ein Tischler oder Zimmermann Holz bearbeitet, dann spürt er diesen Bezug – von einem lebenden Wesen zum anderen lebenden Wesen sozusagen.

Spüren Sie auch ein göttliches Wesen, wenn Sie im Wald unterwegs sind?

Ich erzähle Ihnen jetzt eine kleine, persönliche Geschichte: Ich wohne in Stuttgart acht Gehminuten vom Eichenhain entfernt, wo ich ein bis zwei Mal pro Woche für eine Stunde oder so spazieren gehe. Das ist ein kleines Naturschutzgebiet, das aus ein paar hundert Eichen besteht, die bis zu 300 und 350 Jahre alt sind. Ich mache sonst keinen Sport, aber im Eichenhain zu laufen, das brauche ich, um mich zu regenerieren. Dann sage ich zu meinem Mann immer: „Du, ich gehe jetzt zu meinen Eichen." Dann weiß er Bescheid. Auch meine Freundinnen kennen das Ritual bereits. Sie fragen mich immer: „Warst Du schon wieder bei deinen Eichen?" Oder: „Wie geht's deinen Eichen?"

Und? Wie geht's Ihren Eichen?

Denen geht es sehr gut. Mein Lieblingsbaum ist ein großer, breit gewachsener, irgendwie ausgeglichener Baum. Er sieht mächtig und prächtig aus. Ich sage jedes Mal „Grüß Gott!", streichle ihn und lehne mich dann mit meinem Körper gegen den Stamm. Das gibt mir Kraft. Manchmal mache ich auch frühlingshafte, sommerliche, herbstliche und winterliche Porträtfotos dieser Bäume …

Das klingt nach einer sehr innigen Beziehung zu diesem Baustoff.

Ja, das ist sie.

Die meisten Beziehungen zu Holz und Holzprodukten sind weniger intensiv, weniger emotional. Viele Menschen hauen sich einen Laminatboden ins Wohnzimmer und sind glücklich damit. Wie geht es Ihnen mit solchen – wenn ich so sagen darf – Perversionen von Holz?

Laminat, Spanplatten mit Holzoptik, Plastikmöbel, die so tun, als ob sie Holz wären. Ich kann das nicht ausstehen, das tut mir im Herzen weh. Laminat ist die übelste Stufe von Falschheit. Das war so ein schönes Gespräch bis jetzt … Müssen wir jetzt wirklich über Laminat sprechen?

Die intensive Diskussion über Holz, die in den letzten 20, 30 Jahren in Büchern und Medien geführt wurde, hat dazu beigetragen, dass der Baustoff wieder in den Mittelpunkt der Menschen und des Marktes gerückt ist. Holz ist chic geworden. Doch nicht alle können sich Holz leisten. Laminat imWohnzimmer und das Billy-Regal aus laminierter Spanplatte ist etwas wie das Holz des kleinen Mannes.

Man schätzt das Holz doch für seine Wärme, für seine Haptik, für seine tollen ökologischen und klimatischen Eigenschaften! Es stimmt schon, dass viele Leute kein Geld haben, um sich teure Designer-Echtholzmöbel leisten zu können, aber vielleicht könnten sie alten Holzmöbeln, die es sehr billig zu kaufen gibt, ein neues Leben geben? Wenn ich das so sagen darf: Für mich sind Menschen, die zu Plastikholz greifen, schon mit dem Schein zufrieden, wo man doch nach dem Authentischen streben sollte. Vielleicht sind sie mit sich selbst nicht ganz im Reinen. Im Französischen sagen wir immer, dass jeder versuchen sollte, „droit dans ses bottes", also aufrecht in seinen Stiefeln zu stehen.

Das heißt?

Man kann mit vielen Materialien und Baustoffen aufrecht in seinen Stiefeln stehen und etwas Schönes, Kreatives, Wertvolles schaffen. Aber mit Laminat, da stehst du definitiv schief in deinen Stiefeln, weil du einfach deine Wurzeln verloren hast! Die Menschen haben heute viel zu wenig Bezug zur Natur. Und dann auch noch das! Naturholz riecht anders, es fühlt sich anders an und es klingt auch anders. Wir verlernen unsere Sinne. Wir werden taub und stumm.

Ein Appell an die Zukunft: Was wird passieren müssen, damit wir diese Sinne wieder erlernen?

Mag sein, dass das komisch klingt, aber zuerst sollten wir einander mehr lieben! So wie es auch eine richtige Liebe zwischen dem Zimmermann und seinem Holz gibt. Ich finde es wichtig, dass wir wieder mehr Wert auf das Handwerk, auf diese innige Verbindung zwischen Hirn, Hand und Herz legen. Ich wünsche mir, dass die Menschen der Natur Respekt und Achtsamkeit schenken und wieder mehr Bezug zu ihrer Umwelt finden. Dafür setze ich mich mit all meiner Kraft und Leidenschaft im Schreiben ein. Meinen persönlichen Beitrag leiste ich durch Artikel, Bücher, Vorträge, Ausstellungen und Lehrtätigkeit an der Universität. Ich bemühe mich, ein breites Publikum für lokale, ökologische und nachhaltige Materialien zu begeistern. Und ich hoffe, dass so viele Leute wie nur möglich diese Besinnung finden. Denn sie macht wirklich glücklich.

Ich nominiere: Koloman Mayrhofer

Als Zimmerer habe ich es oft mit feiner, filigraner Arbeit zu tun. Mich fasziniert diese Feinheit des Materials, die da an den Tag gelegt wird. Ich selbst bin Besitzer eines 40 Jahre alten Faltbootes, das aus Eschenholzstäben hergestellt wurde. Das Boot wird seit 50 Jahren unverändert gebaut. Bevor die Gummihaut übergezogen wird, wirkt die Konstruktion wie ein Fisch, wie ein dreidimensionales Skelett, das an Land liegt. Bei Koloman Mayrhofer besteht die gesamte Werkstatt aus solchen konstruktiven Wunderwerken!
Ich finde es unglaublich, wie er es schafft, in das Material, in dieses hölzerne Gesperre so viel Leichtigkeit, so viel Detailliebe zu investieren, dass das Resultat am Ende nicht nur flugfähig ist, sondern auch noch einen so außergewöhnlichen Charakter entwickelt, dass ich mich beim Betrachten als Vogelkundler wäge, dass ich das Gefiedert-Sein des Holzes zu sehen glaube. Koloman Mayrhofer ist ein Kulturakrobat. Er studiert historische Pläne bis ins letzte Detail und ist in der Lage, das alte Know-how mit großem handwerklichem Geschick umzusetzen. Diese Faszination fürs Dreidimensional-Machen von Holz ist das, was ihn und mich verbindet.

Hermann Nenning, Holzbauer

Koloman Mayrhofer

geboren 1960 in Zell am Moos in Oberösterreich, machte an der Bundesfach-
schule für Holzbearbeitung Hallstatt eine Ausbildung zum Holzbildhauer. Von
1978 bis 2000 war er als freischaffender Künstler tätig und hatte zu dieser Zeit
Ausstellungen im In- und Ausland. Sein lebenslanges Interesse an Flugtechnik
führte ihn Anfang der Neunzigerjahre zum Entschluss, ein Flugzeug der k.u.k.-
Luftfahrttruppen originalgetreu und flugfähig nachzubauen. Die anfängliche
Leidenschaft entwickelte sich schließlich zu einem zweiten Standbein.
2000 gründete er seine Firma Craftlab GmbH, die sich anfänglich auch mit Aus-
stellungs- und Messebau beschäftigte. Seit 2007 ist Craftlab ausschließlich im
historischen Flugzeugbau und in der Automobil-Restaurierung tätig. Das Haupt-
augenmerk gilt Flugzeugen vom Beginn der Luftfahrt um 1910 bis in die Dreißiger-
jahre. Mayrhofer leitet ein Unternehmen mit sechs Mitarbeitern in Wien-Liesing.
Er beliefert Privatsammler und Museen aus aller Welt.

Stockerl bauen das ganze Jahr, das wäre mir zu wenig

Koloman Mayrhofer ist Flugzeugbauer. Er hat sich seinen Kindheitstraum erfüllt und baut Kampfflugzeuge aus dem Ersten Weltkrieg nach. So wie damals bestehen seine Flieger originalgetreu fast zur Gänze aus Holz. Sein Job duldet keinen Millimeter Spielraum. Seine Arbeit empfindet er als Bewahrung eines wichtigen Kulturguts. Und als Faszination.

Das ist eine beeindruckende, sehr ungewöhnliche Werkstatt. Was steht und hängt denn da alles herum?
Viele, viele Teile und Fragmente von insgesamt vier Flugzeugen, an denen ich gerade arbeite. Die Entwürfe für diese Flugzeuge stammen alle aus dem Ersten Weltkrieg. Unter anderem baue ich derzeit zwei Stück der legendären Brandenburg KD1 nach. Das ist ein einsitziger Kampf-Doppeldecker der Deutschen Hansa Brandenburgischen Flugzeugwerke, der Ende 1916 in den Dienst gestellt wurde. Das war das erste Jagdflugzeug der k.u.k.-Luftfahrt!

Und die werden dann auch wirklich fliegen?
Ja klar. Aber das wird noch dauern. Ich schätze, dass wir an diesen beiden Flugzeugen noch ein, zwei Jahre arbeiten werden.

Was ist das Reizvolle an dieser Arbeit?
Wo soll ich anfangen? Mich haben Holzflugzeuge schon als Kind begeistert. Ich habe das Thema damals aufgesaugt wie ein Schwamm. Die Faszination für die Luftfahrt ist geblieben und hat sich weiter und weiter vertieft. Inzwischen besitze ich an die 700 Bücher über Holzflugzeugbau, die alle zwischen 1910 und 1930 publiziert wurden. Der Inhalt all dieser Bücher ist nun in meinem Hirn.

Warum gerade Erster Weltkrieg?

Das Interesse für die damalige Zeit gilt weniger dem Ersten Weltkrieg als vielmehr den Ingenieursleistungen, den Visionen und der technischen und konstruktiven Disziplin, die in diesen Flugzeugen der allerersten Ära drinsteckt. Mit einfachen Werkstoffen wurde damals High-Tech produziert! Für mich ist die Bewahrung dieses Know-hows zugleich die Dokumentation eines wichtigen Kulturguts. Aber ich gebe zu: Viele Liebhaber der damaligen Zeit und der damit verbundenen Produkte gibt es nicht. Sobald die Leute Militär hören, blocken die meisten sofort ab. Damit ist keine Empathie zu holen.

Sie haben die Visionen und Ingenieurleistungen angesprochen.
Wie würden Sie diese Leistungen beschreiben?

Wir sprechen hier vom Beginn der Luftfahrt. Getrieben durch den Bedarf der Kriegsindustrie wurden damals mit wenigen Ressourcen effiziente, leichtgewichtige Flugzeuge gebaut. Und nicht nur das! Innerhalb kürzester Zeit ist ein Entwicklungsschub passiert, der einzigartig ist. In einer Affengeschwindigkeit haben die Ingenieure damals eine neue Technologie zum Aufblühen gebracht. Sie müssen sich vorstellen: In den Jahren 1903 bis 1910 sind die allerersten Flugzeuge entstanden. Die Menschen, die damals am Werk waren, waren Pioniere. Ab 1910 zeigen plötzlich auch das Militär und die Industrie Interesse an diesem neuen Verkehrsmittel. Von da an geht alles Schlag auf Schlag.

Woher hat man damals das Wissen genommen? In Zeiten ohne physikalische
Messungen und ohne dokumentierte Belastungsprüfungen?

Die einzige Grundlage, was die Holzfestigkeit verschiedener Holzarten betrifft, war zu Beginn die Preußische Bauordnung von 1878. Wie man sich vorstellen kann, waren die Anforderungen und Kenngrößen des Hochbaus im Flugzeugbau nicht wirklich sinnvoll anwendbar. Das heißt also, die Flugzeugbauer haben zunächst einmal begonnen, empirisch zu arbeiten und systematisch Holzuntersuchungen zu machen. Sie haben unterschiedliche Holzarten entsprechend ihrem Gewicht auf ihre Druck- und Zugfestigkeit geprüft und haben den Einsatz der Hölzer so lange optimiert, bis die Pläne perfekt waren. Spätestens ab 1914, kann man sagen, sind alle Flugzeuge statisch berechnet und aerodynamisch optimiert. Auch aus heutiger Sicht sind die Holzflugzeuge eigentlich nicht mehr verbesserbar.

Die Zeit, von der wir hier sprechen, liegt bereits mehr als
100 Jahre zurück. Wie gelangen Sie heute an das nötige Planmaterial?

Die Recherche ist tatsächlich der größte Aufwand. Die Pläne für k.u.k.-Flugzeuge, die wir verwenden, kommen in der Regel aus dem Österreichischen Staatsarchiv.

Man muss wissen: Das Staatsarchiv beherbergt jene Sammlung, die früher im sogenannten Zentralen Kriegsarchiv gelagert wurde, und zwar Duplikate jedes einzelnen Plansatzes, von jeder einzelnen Maschine, die in der Kriegsindustrie je produziert wurde. Diesem Umstand verdanken wir, dass wir an das alte Know-how heute überhaupt noch herankommen, denn die meisten Archive der Hersteller wurden zwischen 1919 und 1923 fast vollkommen zerstört.

Arbeiten Sie auch mit Originalfunden?

Ja. Wo auch immer wir Zugang zu Originalteilen haben, hat das natürlich Priorität. Vom Typ KD1 beispielsweise gibt es im Technischen Museum Prag noch einen halben Oberflügel sowie den Vorderrumpf bis zum Sitz. Diese Teile haben wir sehr genau studiert. Es kommt tatsächlich verhältnismäßig oft vor, dass wir in irgendwelchen Museen auf der Welt noch ein paar Brocken und Flugzeugteile vorfinden, die vom Himmel gestürzt sind. Jedes noch so kleine Detail, von dem wir uns etwas abschauen können, ist wertvolle Materie für uns.

Von wie vielen Plänen sprechen wir denn, wenn Sie ein Kampfflugzeug aus dem Ersten Weltkrieg nachbauen?

Pro Flugzeug hat man es mit etwa 300 Einzelplänen zu tun.

Wow. Wie geht es Ihnen, wenn Sie diese alten Pläne studieren?

Ich finde die Materie faszinierend. Ich könnte mich in diesen Zeichnungen eingraben. Es ist, als würde ich eine fremde, längst vergessene Welt betreten, wenn ich die Pläne studiere und zu verstehen versuche. Die Detailgenauigkeit, die man damals an den Tag gelegt hat, haut mich um.

Kann man die Pläne wirklich noch 1:1 verwenden?

Man kann nicht nur, man muss! Die Pläne haben so eine Detailtiefe und wurden jahrelang so weit ausgetüftelt, dass man sie nicht mehr verbessern kann. Diese Pläne sind das Optimum. Daher ist es wichtig, die Plandetails 1:1 zu befolgen. Da zählt jeder Millimeter, jede noch so kleine Lochbohrung, jedes noch so unscheinbare technische und konstruktive Detail.

Sie wenden eine Detailgenauigkeit an, die man sonst nur vom Modellbau kennt.

Ja, und das ist auch nötig. Diese Branche duldet keinen Millimeter Spielraum. Jedes Loch bedeutet Gewichtsreduktion, aber auch Schwächung der Struktur. Das sind sogenannte Erleichterungsbohrungen. Hinzu kommen die ganz genauen Aufmaße, wie etwa für Krümmung der Flügelprofile, die letztendlich für den

Auftrieb verantwortlich sind. Sobald ich auch nur ein winziges Detail verändere, könnte sich die Funktionalität des gesamten Flugzeugs verändern.

Welche Rolle bei all dieser Detailliebe spielt die Wahl des Holzes?
Eine sehr große. Die Holzarten bei einem Holzflugzeug sind immer entsprechend der einwirkenden Belastung konzipiert. Der Motorträger beispielsweise besteht meist aus Esche. Der muss das größte Gewicht tragen und den größten Vibrationen standhalten. Die Längsgurte im Rumpf sind ebenfalls aus Esche, aber nur im vorderen Bereich, wo hohe Kräfte auftreten. Im hinteren Bereich geht es dann vor allem um Gewichtsersparnis. Da wird die deutlich leichtere Fichte eingesetzt. Bei den Rippen der Tragflächen wiederum werden Esche für die stark belasteten Teile und Linde für die weniger stark belasteten Teile verwendet. Für das Sperrholz nimmt man Birke oder Erle. Und die Luftschrauben wurden fast überall aus Nussbaum und Esche hergestellt.

In Deutschland waren vor allem Kieferflugzeuge im Einsatz. Wie das?
Ja, das war eine große Ausnahme, da hat man aus der Not eine Tugend gemacht. Nachdem in einigen Regionen Deutschlands nicht ausreichend Fichte zur Verfügung stand, mussten die Ingenieure da mitunter auf Kiefer ausweichen. Der Materialwechsel hat sich natürlich auf das Gewicht der gesamten Konstruktion ausgewirkt.

Wenn ich mich in Ihrer Werkstatt so umschaue: Die meisten Rumpf- und Flügelteile bestehen aus verleimten Lamellen. Warum?
Holz ist ein Rohstoff, der natürlich gewachsen ist. Hier wird es aber in so einem engen Spektrum eingesetzt, dass die kleinsten natürlichen Unterschiede im Material dramatische Auswirkungen haben können. Ich kann ja nicht ins Holz reinschauen. Um die Gefahr von fehlerhaften Stellen zu reduzieren, verwenden wir daher an manchen sehr wichtigen Stellen Bauteile, die aus Lamellen verleimt sind.

Spielt es eine Rolle, wie die Hölzer behandelt und bearbeitet werden?
Ja, wobei das dann nicht technische, konstruktive, sondern eher praktische und logistische Gründe hat. Um das Holz gegen die Witterung zu schützen, wurde es damals lackiert, und zwar mit Schellack. Gegenüber Öllack ist Schellack schnelltrocknend und chemisch so beschaffen, dass man das Holz im Falle einer Reparatur trotz Lackschicht wiederholt leimen kann. Das wäre bei anderen Lacken nicht möglich, ohne die Holzoberfläche vorher zu bearbeiten. So gesehen hat die Wahl des Lacks langfristig Zeit und Schnittstellen gespart.

Wie werden die Hölzer verleimt?

Ursprünglich wurden die Flugzeuge mit Kasein verleimt. Das ist ein Leim mit einer sehr hohen Klebekraft, allerdings mit dem Nachteil, dass er hygroskopisch und nicht dauerfeuchtfest ist. Heutzutage verlangt die Luftfahrtbehörde Harzleim. Das ist unumgänglich. Sie sehen auch Schrauben und Nägel im Rumpf, die haben allerdings nur die Aufgabe, beim Verkleben und Aushärten ausreichend Pressdruck zu erzeugen.

Und gibt es irgendwelche Spielregeln, was die Farbgebung betrifft?

Die meisten Holzflugzeuge waren damals farblos lackiert. Und da ich mich so gut es geht am Original anhalten will, ist mir diese Variante auch die liebste. Was die wenigsten wissen: Im Ersten Weltkrieg wurden die meisten Flugzeuge in Österreich-Ungarn eigentlich noch ohne Tarnfarbe ausgeliefert. Die kam meist erst bei den Fronteinheiten dazu. Aus diesem Grund sind die Tarnanstriche weder farblich noch chemisch wirklich recherchierbar. Ich bin daher über jedes Flugzeug froh, das ich nicht mit Tarnfarbe streichen muss. Dann bleibt die Schönheit des Materials erhalten, und es kommt nicht zu irgendeiner Verzerrung historischer Tatsachen.

Würden Sie jemals ein lilafarbenes Flugzeug aus Ihrer Werkstatt entlassen?

Sie werden lachen: Es gab eine Zeit, da wurde bei der Deutschen Fliegertruppe Lila als Tarnfarbe eingesetzt!

Was empfinden Sie dabei, wenn Sie das Holz verarbeiten?

Holz ist ein Rohstoff, der unglaublich viel kann, wenn er so eingesetzt wird, dass seine positiven Eigenschaften respektiert werden. Aber für mich ist das ein ganz normaler Rohstoff. Ich bin kein Holzmystiker oder Holzguru oder irgend so ein Aficionado, der ohne Holz nicht leben könnte. Und wenn ich von Vollmond und Neumond und irgendwelchen Schlagritualen höre... das ist alles Mumpitz! Da bin ich, ehrlich gesagt, ziemlich emotionslos. Wenn es sinnvoll und intelligent wäre, Flugzeuge aus Eisenerz oder Lehmziegeln zu bauen, dann würde ich das genauso gerne, mit der gleichen Leidenschaft machen.

Woher beziehen Sie Ihr Holz?

Gute Frage! Die meisten im Holzberuf Tätigen kaufen das Holz auf Bedarf ein. Bei mir ist das anders. Ich kaufe das Holz auf Verdacht ein. Sobald mir meine Lieferanten gute, hochwertige Ware anbieten, schlage ich sofort zu und lagere das Holz ein – auch wenn sich noch kein entsprechender Auftrag abzeichnet. Das Holz, das ich für den Bau von Flugzeugen benötige, kriegt man nicht alle Tage.

Was ist daran so besonders?

Erstens geht es darum, dass das Holz ausreichend gelagert und entsprechend trocken ist. Und zweitens geht es um die Festigkeitsklasse. Ich brauche für meine Arbeit Holz mit einer Zugfestigkeit von 700 Kilogramm. Wenn das Holz das nicht erfüllt, habe ich ein Problem. Daher mache ich mit dem Rohmaterial, das ich ankaufe, regelmäßig Zug- und Druckversuche. Ein wichtiges Kriterium ist auch die Wuchsform beziehungsweise der Feuchtigkeitsgehalt.

An einigen Stellen, sieht man, wird auch Metall verwendet.
Das hängt von der Festigkeit ab?

Ja genau. An ein paar Stellen, vor allem im zentralen Bereich der Flügelbefestigung, ist die Belastung so groß, dass wir Metallbeschläge verwenden müssen. Was ich sehr spannend finde: In jeder anderen Ingenieursdisziplin ist es so, dass zuerst die Metallteile gefertigt und die Holzteile dann sekundär individuell angepasst werden. Im Holzflugzeugbau ist es genau umgekehrt, da sind die Prioritäten auf den Kopf gestellt. Zuerst fertige ich die Holzteile, und zwar auf den halben Millimeter genau, dann erst passe ich die Metallteile an.

Wie lange arbeiten Sie an einem Projekt?

Einfachere Flugzeuge benötigen bis zu 3.000 Stunden. Komplexere Flugzeuge verschlingen leicht einmal 6.000 bis 8.000 Stunden. Das entspricht einer Arbeitszeit von zweieinhalb bis drei Jahren. Wobei der reine Holzbau zwar kompliziert, aber kalkulierbar ist. Schwierig wird es, sobald man beginnt, das Flugzeug auszustatten und alte Originalinstrumente zu beschaffen. Dann wird man irgendwann wucki im Kopf und muss einmal einen Recherche-Stopp einlegen und was ganz anderes zwischendurch machen.

Und wie kommen Sie an die nötige Konzession?

Das Zulassungsverfahren geschieht begleitend zum Bau sowie nach der Fertigstellung. Bis alle Papiere vorhanden sind, dauert es meist einige Monate. Würde man ein Holzflugzeug heute neu entwerfen, müsste man es nach heutigen Methoden berechnen, was schwierig und langwierig ist. Bei diesen planbasierten und bereits damals bewilligten Flugzeugen jedoch ist das meist nicht mehr nötig. Die Behörde akzeptiert sie so, wie sie sind. Das liegt wohl auch daran, dass man die Jagdflugzeuge damals auf fünffache Sicherheit gerechnet hat. Heute rechnet man mit einem Sicherheitsfaktor von 3,6. Wir sind also auf der sicheren Seite.

Wie viel wiegt so ein Flugzeug?

Je nach Größe und Bauweise an die 900 bis 1.400 Kilogramm. Das Schwerste ist der Motor. Allerdings muss man bedenken: Die Flugzeuge hatten damals extrem wenig Nutzlast: 30 Kilogramm für das Maschinengewehr, 30 Kilogramm für die Munition und 80 Kilogramm für den Piloten inklusive Kleidung. Ich wäre am Boden geblieben.

Sind Sie schon einmal mit einem Ihrer Flugzeuge geflogen?

Nein, noch nie.

Würde Sie das reizen?

Und wie! Aber ich habe keinen Flugschein. Und wie gesagt: 80 Kilo Obergrenze.

Und wie oft passiert es, dass ein Flugzeug nicht fliegt?

Nie! Wenn ein Fehler vorkommt, dann muss dieser Fehler schon in der Werkstatt erkannt werden. Alles andere wäre fatal. Wenn irgendwas nicht stimmt und ich darauf komme, wenn unter mir 3.000 Meter Luft sind, dann ist es zu spät. Das darf nicht passieren.

Wie viele Flugzeuge haben Sie bisher gebaut?

13 oder 14 oder so.

Wer sind Ihre Kunden?

Es gibt auf der ganzen Welt genau drei Sammler, die Holzflugzeuge aus dem Ersten Weltkrieg sammeln und die mehr als ein Holzflugzeug besitzen. Zwei davon sind in den USA zu Hause, einer in Neuseeland. Das sind unsere wichtigsten Kunden. Mehr darf und mehr will ich nicht verraten. Meine Verträge erlauben keine Namensnennung.

Sie tun sich da eine unglaubliche Hacke an. Ist es Leidenschaft oder Beruf?

Ja, das frage ich mich auch immer wieder, wenn die Steuererklärung ins Haus flattert! Mit den Renditen, die mein Unternehmen erwirtschaftet, kann ich offen und ehrlich sagen: Ich mache diesen Job nicht des Geldes wegen.

Man muss schon ein ziemlicher Nerd sein, um das zu tun, oder?

Ja, aber das ist auch der Grund, warum ich das mache. Ich würde ja nicht Stockerl bauen wollen das ganze Jahr. Das wäre mir zu wenig. Das wäre mir vor allem zu wenig Herausforderung fürs Hirn.

Ich nominiere: Julia Denzler

Für mich als Bauphysiker ist es das Um und Auf, dass ich leicht an Grundlagen und Forschungserkenntnisse gelange. Das erlaubt mir, für die Berechnung meiner Projekte neueste und aktuellste Daten zu den Themen Wärmedämmung, Schallschutz, Brandschutz, Materialfeuchte und so weiter heranzuziehen. Diese Grundlagenerhebungen sind für mich von entscheidender Bedeutung. Die Holzforschung Austria ist für mich der kompetenteste Ansprechpartner im gesamten deutschsprachigen Raum.
Julia Denzler leitet den Fachbereich Technologie und ist damit eines der repräsentativsten Gesichter dieser Institution. Sie ist ein Paradebeispiel dafür, wie man Fachkompetenz und Leidenschaft miteinander verbinden kann. In ihrem fachlichen Wissen ist sie unangreifbar, gleichzeitig aber ist sie auch emotional eng mit dem Baustoff Holz verbunden. Diese Symbiose aus Wissenschaft und Leidenschaft ist keine Selbstverständlichkeit. Es freut mich, dass es so etwas gibt. Das inspiriert mich.

Karl Torghele, Bauphysiker

Julia Denzler

geboren 1975, studierte Bauingenieurwesen in Karlsruhe und München. Von 2002 bis 2008 arbeitete sie als wissenschaftliche Projektleiterin an der Technischen Universität München (TUM). Nach einem Jahr bei der Planungsgesellschaft Dittrich in München zog sie 2009 nach Österreich. An der Holzforschung Austria in Wien leitet sie seitdem den Bereich Technologie mit den Arbeitsfeldern Holztechnologie, Bioenergie und Holzwerkstoffe. Ihr Spezialgebiet ist die Prozessoptimierung im Holzbau, was unterschiedlichste Scanning-Technologien beinhaltet. Sie ist Mitglied in nationalen und internationalen Normenausschüssen. 2012 gewann sie für ihre herausragenden wissenschaftlichen Leistungen von Forscherinnen im technischen Umfeld den ACR Woman Award der Austria Cooperative Research.

Wie soll man als Dichter über Stahl oder Beton schreiben?

Julia Denzler arbeitet für die Holzforschung Austria. In ihrer Freizeit umarmt sie Bäume, philosophiert über den Geruch von Holzstaub und zerbricht sich den Kopf darüber, warum wir beim Material ihrer Träume immer nur an Brennholz denken. Ein Gespräch über Emotionen, Literatur und wissenschaftliche Fakten.

Wir skypen. Auf Ihrem Skype-Profilfoto umarmen Sie einen Baum.
Ja, das war mein Urlaub 2006, ein Baumwipfelweg irgendwo in Kanada. In Europa gibt es solche Bäume nicht, dort gibt es Tausende davon. Wie oft sieht man schon so einen Riesen mit einem Durchmesser von 1,50 Metern! Das sind Relationen, die sind unvorstellbar ... Ich musste ihn einfach umarmen.

Was ist Holz für Sie?
Zunächst einmal ist Holz ein sehr schöner Bau- und Werkstoff. Aber das ist es nicht, was Sie von mir hören wollen, oder? Holz ist für mich ein subjektiver Ausdruck von Wärme, von Komplexität, von Verbundenheit mit der Natur. Im Gegensatz zu anderen Baumaterialien wird Holz relativ wenig bearbeitet. Ja klar, wir können es sägen und nageln und schrauben und kleben, aber das war's dann. Wir vermischen und gießen und erhitzen es nicht, und es geht bei der Herstellung auch keine chemischen Prozesse ein wie etwa Kunststoff oder Beton. Letztendlich kommen alle Baustoffe auf die eine oder andere Weise aus der Natur, aber dem Holz sieht man diesen Ursprung, egal wie sehr man es verarbeitet, direkt an.

Als Holzforscherin sind Sie viel im Wald unterwegs ...
... und ich finde es wunderschön! Ich mag den Geruch. Um nicht zu sagen: Ich mag die Gerüche, denn Holz riecht je nachdem, ob und wie es verarbeitet wird, ganz unterschiedlich. Holzstaub zum Beispiel hat einen ganz eigenen Duft, wenn er in die Nase steigt und man ihn nicht mehr loswird.

Wie sind Sie zum Holz gekommen?

Schon während meines Bauingenieur-Studiums habe ich mich auf konstruktiven Holzbau spezialisiert. Ich hatte die Wahl zwischen Holz, Beton und Stahl. Da war die Entscheidung keine schwierige.

**Wie forscht man über einen Baustoff, den einem die Natur
in fast schon fertigem Zustand übergibt?**

Holz spielt eine wichtige Rolle im Bauwesen, aber in den Bereichen, in denen wir Holz in Mitteleuropa einsetzen, wird nur ein kleiner Teil der Fähigkeiten und Potenziale dieses Werkstoffs genutzt. Wir könnten vielmehr daraus machen. Ich sage nur: Brücken, Hallenbau, Hochhäuser wie etwa der Life-Cycle-Tower LCT in Dornbirn, und so weiter. Doch dazu muss man gewährleisten, dass das Holz eine gewisse Tragfähigkeit aufweist. Es gibt viele Möglichkeiten, um aus einem runden Baum ein möglichst perfektes eckiges Produkt für die Baubranche zu machen. Dazu erforscht man die Eigenschaften gewisser Hölzer und setzt sie entsprechend ihrem Optimum ein. Das kann man aber auch tun, indem man die Verarbeitung optimiert, um aus dem Baum möglichst viel hochwertiges Schnittholz herauszukriegen. Und man kann Holz nicht etwa nur stabförmig einsetzen, wie das früher der Fall war, sondern auch flächig als Brettschichtholz oder Brettsperrholz. Möglichkeiten zur Entwicklung gibt es also zur Genüge. All das ist die Aufgabe der Holzforschung.

**In der Holzindustrie konzentriert man sich auf den harten Kern. Was
passiert eigentlich mit dem Rest, mit dem Verschnitt, mit dem Sägemehl?**

Die Reste werden zu Spanplatten, zu OSB- und zu MDF-Platten weiterverarbeitet. Das Waldrestholz wird meist zu Pellets und Brickets verpresst. Und der Verschnitt wird meist sofort verheizt.

**Und was passiert mit der vielen Rinde, die anfällt? Der Bedarf nach
Rindenmulch ist ja enden wollend. Welche weiteren Verwendungsmöglich-
keiten fallen Ihnen ein?**

Rindenmulch ist die perfekte Unterlage für Spielplätze. Ich mag diesen Geruch. Doch ansonsten? Lassen Sie mich mal überlegen ... Rinde ist leicht, lufthaltig, großvolumig ... Das wäre ein gutes Dämmmaterial. Das Einzige, was dagegen spricht, ist die Gefahr von Schädlingen. Vielleicht kann man das in den Griff kriegen?

**Es gibt zahlreiche Studien, die besagen, dass sich Holz in unserem
Wohn- und Arbeitsumfeld sehr positiv auf unsere Psyche auswirkt.
Heißt das, wir würden ein zufriedeneres Leben führen, wenn wir uns
mit mehr Holz umgäben?**

Ich kenne diese Studien. Aber das ist leichter gesagt als getan. Wie soll man denn Glück messen? Dazu, muss ich gestehen, bin ich den Naturwissenschaften zu verbunden. Das kann ich nicht. Wenn man den Großteil der Menschen befragt, die in Holzhäusern leben, dann werden sie sich in der Regel als glücklich und zufrieden beschreiben. Befragt man aber Menschen, die mit ihrem Holzhaus Probleme haben, dann wird die Antwort anders ausfallen. Ich weiß also nicht, wie man diese Schlüsse aus wissenschaftlicher Sicht objektiv ziehen soll.

Wie würden Sie diese Frage denn für sich selbst beantworten?

Für mich persönlich strahlt Holz Wärme und Ruhe aus. Ich fühle mich in so einem Ambiente wohler als vor einer nackten Sichtbetonwand. Am besten jedoch gefällt mir die Mischung, der Mix aus kalt und warm, aus hart und weich, aus künstlich und natürlich. Es ist schwierig, gute Sätze zu finden, die genau das beschreiben, was ich empfinde, wenn ich vor einer Holzwand stehe.

Der libanesische Dichter Khalil Gibran (1883–1931) hat einen sehr schönen Satz gesagt: „Bäume sind Gedichte, die die Erde in den Himmel schreibt."

Ich kenne das Gedicht, wusste aber nicht, von wem das ist. Es ist schön zu sehen, wie gut man diesen Baustoff umschreiben kann. Holz weckt einfach Emotionen, es regt mehr an in mir drin, das ist eine schillernde und strahlende Wärme. Ich wüsste nicht, wie man als Dichter über Stahl oder Beton schreiben soll. Aber das ist ja auch nicht mein Metier.

Wie wohnen Sie denn selbst?

Ich wohne, gemeinsam mit meinem Mann, in einem Ziegelhaus in München. Allein durch die Stadt bedingt sind die leistbaren Wohnoptionen relativ alternativlos. Aber dafür haben wir in der ganzen Wohnung Parkettboden, und die Möbel sind auch aus Holz. So muss ich nicht ganz darauf verzichten.

2012 haben Sie einen Preis gewonnen.

Ja, das war der ACR Woman Award, den die Austrian Cooperative Research jährlich vergibt, um Frauen in technischen und wissenschaftlichen Berufen zu ermöglichen, der Öffentlichkeit zu präsentieren, was genau sie tun.

Warum ist der Preis ausgerechnet an Sie gegangen?

Ich bin eine der wenigen Frauen in diesem sehr männerdominierten Umfeld. Bei Holz denkt man in erster Linie an Holzfäller, Flanellhemd und Kettensäge. Und tatsächlich beträgt der Männeranteil unter den Bauingenieuren rund 90 Prozent.

Das hat sich bis heute nicht geändert. Worauf führen Sie das zurück?

Alles, was mit Holz zu tun hat, hat zunächst einmal auch mit Technik, mit Kraftaufwand, mit industriellen Prozessen zu tun. Frauen haben sich traditionell dafür lange Zeit nicht interessiert und diese Ausbildung nicht gesucht. Mittlerweile hat sich das verändert – zumindest in der Holzforschung. Da beträgt der Frauenanteil immerhin schon 36 Prozent. Aber ich denke, ein Verhältnis von 50:50 werden wir in dieser Branche nicht erreichen. Das ist auch nicht nötig. Neigungen und Berufswünsche sind etwas Subjektives. Bei mir, muss ich gestehen, war es von Beginn an mehr der Hang zu Mathematik und Naturwissenschaft, der mich getrieben hat. Das Interesse für Holz hat sich erst daraus entwickelt.

Ist Holzforschung für Sie ein Beruf? Oder zieht die Tätigkeit weitere Kreise?

Nein, so eine Arbeit ist nie nur ein Beruf. Ich leite ein kleines Forschungsteam, und wir beschäftigen uns vor allem mit den drei Bereichen Holztechnologie, Bioenergie und Holzwerkstoffe. Ich kann dieses Denken nicht abstellen. Dazu bin ich wohl zu wissenschaftlich veranlagt. Wenn ich abends nach Hause gehe, ist meine Welt immer noch aus Holz. Ich denke und kiefle, und es hört einfach nicht auf zu rattern.

Woran kiefeln Sie denn im Augenblick?

Auf Ebene der Europäischen Normung versuchen wir herauszufinden, wie man Holz besser und effizienter sortieren kann. Denn Holzart, Durchmesser, Länge und Gewicht sind bei Weitem nicht die einzigen Kriterien, die ausschlaggebend sind. Im Grunde genommen müsste man Bäume nach ihrem geografischen Ursprung unterscheiden. Holz aus dem Norden Europas hat andere Eigenschaften als jenes aus dem Süden. Und Holz von einem langsam gewachsenen Baum vom Berg verhält sich anders als von einem Baum aus dem Tal. Bloß ist die Frage: Wie können wir diese Faktoren wissenschaftlich messbar und kategorisierbar machen? Und inwieweit müssen wir das überhaupt? Daran arbeite ich im Moment.

Haben Sie einen Traum für die Zukunft?

Oh ja! Ich würde mir wünschen, dass die Öffentlichkeit, wenn sie an Holz denkt, nicht immer das Kaminholz vor Augen hat. Holz ist zu viel mehr imstande, als nur als Brennholz verwendet zu werden. Von mir aus soll man Holzreststoffe oder Altholz nach seinem Lebenszyklus verheizen, aber doch nicht schönes, gewachsenes Holz, mit dem wir noch bauen können!

Und? Was tut man dagegen?

Man klärt die Menschen auf, erklärt ihnen die Vorzüge von Bauholz und zeigt ihnen die schönen gebauten Beispiele aus Vorarlberg und der Schweiz. Mit Erfolg, denn allmählich findet im Bauen ein Umdenken statt. Und wenn schon … Im schlimmsten Falle denke ich mir: Besser, die Menschen stecken Holz in den Kamin als Öl und Gas.

Wo wird Holz in 50 Jahren sein?

Ich hoffe, dass es Holz schafft, die Welt ein bisschen wärmer zu machen. Ich weiß, das sind keine guten Aussichten, nachdem ich grad vom Kaminofen gesprochen habe. Ich meine nicht auf diese Weise, sondern eben auf die andere.

Ich nominiere: Stefan Krestel

Vor vielen Jahren bin ich im Rahmen einer Diplomarbeitsbetreuung an der TU Graz auf Stefan Krestel gestoßen. Mich hat seine Herangehensweise vom ersten Moment an beeindruckt. Er hat sich Anleihen an den Röhrenstrukturen der Natur genommen und hat auf diese Weise einen Holzwerkstoff entwickelt, ja, man könnte sagen erfunden, der das Material genau dort einsetzt, wo es gebraucht wird. Das ist ein höchst intelligenter Ansatz, weil er den Werkstoff leichter und wirtschaftlicher macht und nicht zuletzt weniger Ressourcen verbraucht. Stefan Krestel verkörpert für mich die ideale Kombination aus akademischem und handwerklichem Zugang, gekoppelt mit Begeisterung und der richtigen Portion Hartnäckigkeit. Den ersten Kielsteg-Prototypen hat er noch händisch in seiner Werkstatt gefertigt, mittlerweile wird Kielsteg industriell hergestellt, er hat diese Anlage mitentwickelt. Es gibt nur wenige Länder auf der Welt, wo das Zimmerhandwerk so ausgeprägt und so ausgereift ist wie in Österreich. Es ist für mich daher keine Überraschung, dass ausgerechnet hier so ein intelligenter Holzwerkstoff bis zur Marktreife entwickelt wurde.

Kurt Pock, Tragwerksplaner

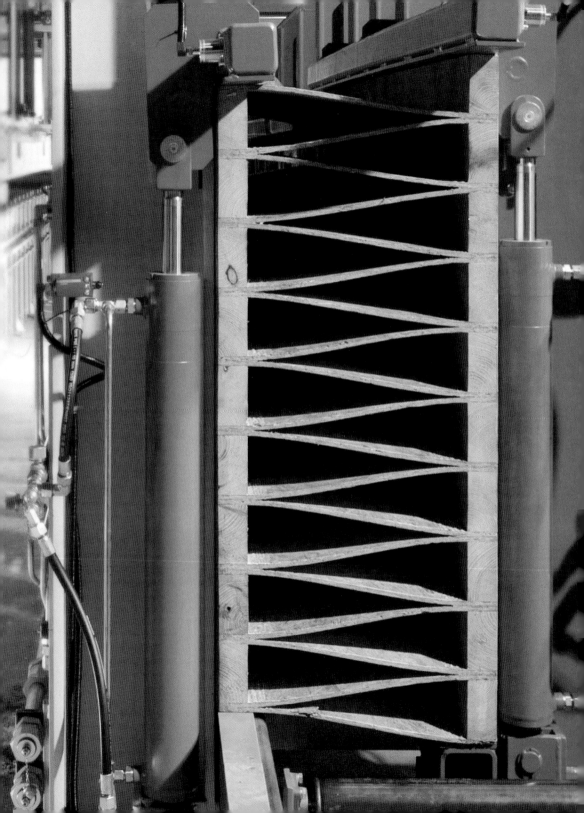

Stefan Krestel

geboren 1968 in Braunau am Inn, absolvierte eine Lehre als Bau- und Möbel-tischler. Von 1990 bis 1994 folgten verschiedene Arbeitsaufenthalte in Syrien, Israel und Russland, unter anderem ein UN-Auslandseinsatz auf den Golanhöhen. Danach absolvierte er die Meisterklasse für Tischlerei und Raumgestaltung und studierte Architektur an der Erzherzog-Johann-Universität in Graz. Seit 2005 be-schäftigt er sich intensiv mit dem Bauelement Kielsteg. Seit 2011 wird Kielsteg, ein patentiertes Leichtbauelement aus Holz, von Kulmer Bau industriell gefertigt. Durch das hervorragende Verhältnis von Eigengewicht und Leistungsfähigkeit können Einfeld-Spannweiten bis zu 27 Metern realisiert werden.

Mutter Natur
auf Punkt und Komma

Der gelernte Tischler Stefan Krestel ist Erfinder. Vor einigen Jahren entwickelte er einen neuen Holzwerkstoff namens Kielsteg, eine Art patentierte Neuerfindung des Holzes mit viel Können und wenig Gewicht. Über seine Wurzeln, über seine Beweggründe und über seine Visionen in Sachen Holz spricht der Grazer lieber auf der rationalen, weniger auf der emotionalen Ebene. Es sind die Fakten, die ihn treiben.

Wie kommen Sie zum Holz?
Mein Großvater war Sägetechniker, mein Vater war Zimmermann. Ich bin in diese Branche also regelrecht hineingewachsen. Nach der Schule habe ich als Lehrling in einer Bau- und Möbeltischlerei die Grundlagen des Handwerks gelernt. Die Ausbildung war hart, aber gut. Danach habe ich die Meisterprüfung absolviert. Im Anschluss daran habe ich die Studienberechtigung gemacht und Architektur studiert. Der Wunsch nach Architektur, Gestaltungslehre und Kunstgeschichte war enorm. Das war, wenn sie so wollen, die Initialzündung.

Wenn Sie an die Werkstatt Ihres Vaters zurückdenken:
Welche Erinnerungen kommen da hoch?
Ich habe die Werkstatt damals als eine Art Zeitkapsel erlebt, und zwar im positiven Sinne. Die Arbeit in diesen Räumlichkeiten ging mit einer sehr großen Achtsamkeit zum Werkzeug und zum Baustoff Holz über die Bühne. Während meiner Kindheit war das Tag für Tag der Ort meiner Neugier und all meiner Erfahrungen – oft zum Leidwesen meines Vaters.

Die Idee zu Kielsteg kam Ihnen während des Studiums. Wie das?
Ja, die Idee kam während der Diplomarbeit. Holz und Tragwerkstechnik war immer schon meine Leidenschaft. Und so habe ich mich gefragt: Willst du als Diplomarbeit wirklich ein Gebäude entwerfen, das dann in der Schublade landet? Nein, auf keinen Fall! Also habe ich mich entschieden, einen neuen Baustoff zu entwickeln. Die Mission war: Materialeinsparung und Kostenreduktion bei gleicher statischer

Belastbarkeit. Ich habe mich mit dem Produkt beschäftigt, habe unzählige Tests und Versuche gemacht, habe mich mit Anschlustechnik, Detailanwendung, regionaler Wertschöpfungskette und konkreten Möglichkeiten der industriellen Fertigung beschäftigt. Das ganze Ding hatte am Ende 220 Seiten.

Und dann?
Aus der Diplomarbeit wurde nach und nach ein Forschungsprojekt. Und schon bald hatte ich die ersten Kontakte zu verschiedenen Herstellern geknüpft.

Seit 2011 wird Kielsteg von Kulmer Bau industriell gefertigt.
Was kann das Material, was andere Hölzer nicht können?
Im Grunde genommen funktioniert Kielsteg wie ein plattenförmiger Fachwerkträger beziehungsweise wie Wellpappe. Es ist eine Sandwich-Struktur: Die Druck- und Zugzone besteht aus verleimten Fichtenholzgurten, der Luftraum dazwischen ist mit dünnen, S-förmigen Plattenstegen ausgefacht, die wie ein inneres Fachwerk funktionieren. Damit erreichen wir eine Erweiterung des Leistungsspektrums. Gegenüber Massivholzprodukten wie etwa Kreuzlagenholz oder Brettschichtholz können wir auf diese Weise den Einsatz von Holz reduzieren.

Wo liegen denn die Grenzen der Belastbarkeit?
Unsere Aufbauhöhen betragen zwischen 22,8 und 80 Zentimeter. Interessant wird Kielsteg vor allem dort, wo es gilt, eine möglichst flexible Raumnutzung zu ermöglichen und man daher größere bis sehr große Spannweiten benötigt. Ich denke da etwa an Schulen, Kindergärten und Gewerbe- und Industriebauten. Mit unseren Produkten können wir Hallen mit bis zu 27 Meter Breite überspannen.

Wie viel Kielsteg produzieren Sie heute?
Begonnen hat Kulmer Bau 2011 mit etwa 11.000 Quadratmetern. Heuer, also nach drei Jahren, werden in Pischelsdorf bereits 20.000 bis 25.000 Quadratmeter Kielsteg pro Jahr produziert. Damit hat die Firma nach kürzester Zeit den Break-even-Point erreicht. Das freut mich sehr.

Hat sich das Produkt gegenüber Ihrer Diplomarbeit stark verändert?
Nicht wirklich. Natürlich ist es heute im Vergleich zu den damaligen theoretischen Annahmen ausgereifter und technisch spezifizierter. Allein schon für die Bauzulassungen muss alles auf Punkt und Komma gerechnet werden. Im Großen und Ganzen aber ist das spezielle Verleimsystem der charakteristischen Kiele gleich geblieben. Die größte Evolution ist vielleicht dahingehend geschehen, wie wir die Potenziale von Holz produktionstechnisch und ökonomisch optimiert haben.

Sind Sie stolz?

Ich bin stolz darauf, dass Kielsteg dazu beigetragen hat, eine hohe Wertschöpfung zu erzielen und neue Arbeitsplätze zu schaffen. Das freut mich sehr. Darüber hinaus binden wir durch das Produkt viele Dienstleistungen in den Prozess ein – von Forschungseinrichtungen bis hin zum Bauarbeiter. Ich denke, à la longue wird dadurch das Technologieniveau steigen.

Und persönlich?

Ja, persönlich bin ich natürlich auch ein bisschen stolz. Vor allem freut es mich, dass ich mit jenen außergewöhnlichen Menschen, die ich in den letzten Jahren dadurch kennengelernt habe, zusammenarbeiten darf. In einer echt vorbildlichen Runde – bestehend aus Praktikern, Maschinentechnikern, Forscherinnen und Handwerkerinnen – haben wir ein innovatives Produkt erschaffen. Das ist schon was!

Sie sagen es: Kielsteg ist ein Produkt. Wie viel Natur steckt da noch drin?

Unser Grundsatz ist der gezielte und optimierte Einsatz von Holz, und zwar da, wo es statisch benötigt wird und sinnvoll ist. Doch es geht vor allem auch darum, eine für unsere Umwelt ausgewogene und verträgliche Balance im Umgang mit dem Rohstoff Holz zu unterstützen. Daher sage ich mit dem Brustton der Überzeugung: Es steckt sogar sehr viel Natur drin!

Kielsteg versucht, um es auf einer Metaebene auszudrücken, die Eigenschaften von Mutter Natur zu optimieren und zu normieren. Geht das? Kann man die Natur in ihrer hohen Schule des Erfindens überhaupt noch austricksen?

Wir leben in einer Welt, die physikalischen Gesetzen folgt. Es wäre vermessen zu behaupten, dass wir das System von einem konkreten Naturbeispiel abgeleitet haben, denn dann käme unweigerlich die berechtigte Frage: Von welchem? Sehr wohl aber orientieren wir uns an diversen natürlichen Strukturen wie etwa Zellen, Röhren und Waben, die aufgrund ihrer speziellen Geometrie sehr stabil und effizient sind. Das Kielstegsystem muss alle Anforderungen eines Horizontallast abtragenden Bauelementes erfüllen und orientiert sich an dem, was die Natur hervorgebracht hat. Es geht weder um Austricksen, noch darum, die Natur zu optimieren oder zu normieren. Es geht, wenn Sie so wollen, um ein Weiterdenken.

Sie beschäftigen sich nun schon sehr lange mit Holz. Was bedeutet Ihnen der Baustoff auf einer emotionalen Ebene?

Holz ist ein wertvoller Baustoff. Der Baum ist ein natürliches Gewächs, das unser Klima maßgeblich mitreguliert. Denn solange der Baum wächst und nicht verfault und nicht verbrennt, bindet er Kohlendioxyd. Andererseits blutet mir das Herz, wenn man Holz nur als Biomasse wahrnimmt. Jetzt findet allmählich ein Umdenken statt.

Das war jetzt aber keine besonders emotionale Antwort!
Emotionen! Mir wurde von Werbemenschen schon öfter attestiert, dass mein Wording eher technisch basiert und damit tendenziell rational und emotionsentleert rüberkommt. Ich hoffe, dass Sie mir das in meiner Funktion als Techniker nachsehen.

Und wenn sich der Techniker so bissl einen Ruck gibt?
Holz hat einen wunderbaren, lebendigen Charakter. Ich mag die unglaubliche Individualität der Holzarten, deren Erscheinungsspektrum von rustikal bis edel reicht. Und ich liebe es, wenn ich Holzoberflächen im Wohnbereich sehe. Nicht zu vernachlässigen ist der angenehme, holzige Geruch, der viele Jahre und Jahrzehnte bestehen bleibt.

Wie hört sich das an?
Das waren jetzt genug Emotionen.

Wie wird sich der Holzbau in Österreich und Europa Ihrer Einschätzung nach in den kommenden Jahren weiterentwickeln?
Was den Holzbau und die Holztechnologien betrifft, spielt Österreich eine absolute Vorreiterrolle in Europa. Insgesamt jedoch ist die Branche nicht sehr innovativ. Massive Produkte machen im europäischen Holzbau immer noch den Löwenanteil aus. Doch nun, so schätze ich die Situation ein, stehen wir kurz vor einer Wende. Einerseits gibt es immer mehr innovative Produkte, andererseits sind die Holzpreise dermaßen hoch, dass ein Umdenken unweigerlich stattfinden wird müssen.

Zum Abschluss haben Sie einen Wunsch frei.
Ich wünsche mir, dass die Holzbranche in einem gemeinsamen Bemühen die Zukunft des Holzbaus für die kommende Dekade mehr zum Leitthema macht. Das Potenzial ist enorm.

Ich nominiere: Markus Faißt

Ich kenne Markus Faißt seit 25 Jahren, und je länger ich ihn kenne, umso mehr schätze ich ihn. Er inspiriert die Holzbranche auf vielen Ebenen. Er beherrscht das Material und das Handwerk wie kaum ein anderer. Hinzu kommen sein Interesse, sein Talent zur Reflexion sowie sein beruflicher und kultureller Horizont, der in dieser Fülle und Breite selbst in der akademischen Welt nur selten anzutreffen ist. Neben der Tatsache, dass Markus Faißt einen unendlich wichtigen Beitrag zum Vorarlberger Handwerk leistet und die Tradition wie kein anderer fortleben lässt, geht er sehr offen auf die Anliegen von Planern und Architektinnen ein und hält zugleich oft kritisch dagegen. Dadurch wird alles immer besser.

Roland Gnaiger, Architekt

Markus Faißt

geboren 1962, lebt und arbeitet in Hittisau im Bregenzerwald. Er machte von 1978 bis 1985 eine Meisterausbildung zum Tischler und war von 1985 bis 1989 in Kolumbien in der Entwicklungszusammenarbeit tätig. Anschließend absolvierte er an der Katholischen Sozialakademie Österreichs (KSÖ) einen Lehrgang für Wirtschaft, Politik und Sozialethik und arbeitete einige Jahre in einem Architekturbüro sowie in einer Möbelwerkstatt in Wien. 1993 gründete er schließlich seine eigene Holzwerkstatt, indem er den väterlichen Betrieb übernahm und neu definierte. Er hat zehn Mitarbeiterinnen und Mitarbeiter und verarbeitet ausschließlich Vollholz aus den regionalen Wäldern nach sehr differenzierten Kriterien. Seit der Gründung 1999 ist er Mitglied des Werkraum Bregenzerwald.

Buche? Das ist die Thujenhecke der Tischler

Der Vorarlberger Tischlermeister Markus Faißt ist so etwas wie ein sensibler Resonanzkörper des Holzes, des Handwerks, des gesamten Kulturraums Bregenzerwald. Holz wird bei ihm ausschließlich naturbelassen, und zwar ohne Ausnahme. Schon manches Mal, meint er, sind ihm dadurch spannende Projekte und interessante Auftraggeber durch die Finger gegangen. Aber so ist das, wenn man sich für eine Sache einsetzt ...

Auf Ihrer Homepage bezeichnen Sie den Bregenzerwald als Ursprung und Kraftraum. Was heißt das für Sie persönlich?
Der Bregenzerwald ist ein sehr reicher, traditioneller Kulturraum, in dem schon seit Jahrzehnten und Jahrhunderten Wunderbares hervorgebracht wird. Der Bregenzerwald ist für mich ein Synonym für das Opponieren gegen Trends und schnelle Moden. Und der Bregenzerwald ist für mich persönlich, aber auch für andere Menschen, die hier tätig sind, ein Kraftfeld, das aufbaut und inspiriert. Ich bin der festen Überzeugung, dass Zukunft Herkunft braucht. Und hier im Bregenzerwald ist das der Fall. Die Region hat so etwas wie einen kulturellen Code, wie eine DNA.

Wie wirkt sich diese Kraft auf Sie aus?
Ich mache das, was ich mache. Und zwar im Wissen, dass es Menschen gibt, die diese Herangehensweise sehr schätzen, aber auch, dass es Menschen gibt, die damit nichts anfangen können, denen die Art und Weise, wie ich mit Holz umgehe, zu einseitig und zu radikal erscheint. Das ist okay. Aus dem Bregenzerwald schöpfe ich die Kraft, das zu machen, woran ich glaube und wofür ich stehe.

Wie würden Sie Ihren Zugang zu Holz beschreiben?
Holz ist für mich viel mehr als nur Biomasse, Festmeter und Wirtschaftsfaktor. Holz ist ein tief prägender Charakterzug dieser Region. Holz ist für mich Teil eines größeren Ganzen. Es ist so etwas wie eine nonverbale Sprache, die von Generation zu Generation weitergegeben wird, nicht nur im Schreiben, sondern auch

im Tun. Da wird auch jenes Know-how weitergegeben, das man nicht nieder-
schreiben kann, sondern das man 1:1 in der Praxis sehen und erleben muss. Diese
Kette darf einfach nicht abreißen.

Was empfinden Sie beim Gedanken an Holz?

Stolz und Verantwortung. Im Bregenzerwald gibt es viel maßvoll bewirtschaf-
teten Nutzwald, den wir da vor der Haustür haben. Ihn oberflächlich oder nur
kurzfristig ökonomisch motiviert abzuernten, da würde ich keinen Gewinn für
die Welt finden, das würde mehr Schaden als Nutzen bringen. Wir gehen sehr
selektiv vor. Nur reife Einzelstämme werden geschlagen, und zwar stets unter
Beachtung des unmittelbaren Waldumfelds. Das macht nicht nur das Produkt
stärker, sondern letztendlich auch den Wald, der es hervorbringt.

Sie sind ein sehr reflektierter und intellektueller Mensch. Was kommen denn für Emotionen hoch, wenn Sie da mal hinspüren?

Ich bin dankbar und empfinde so etwas wie Ehrfurcht, dass ich das Know-
how habe, um diese Arbeit an diesem Ort machen zu können. Und wenn Sie so
wollen: Wenn ich im Wald spazieren gehe, habe ich das Gefühl, ganz bei mir zu
sein. Emotional genug?

Gehen Sie oft im Wald spazieren?

Vielleicht nicht mehr so viel wie früher, aber immer noch verhältnismäßig viel. Am
liebsten gehe ich allein, denn dann verbringe ich 99 Prozent meiner Aufenthalts-
zeit schauend, wahrnehmend, ortend, analytisch Dinge suchend. Ich kenne von
jedem Holz, das in unserer Werkstatt verarbeitet wird, den Standort und die spezifischen Eigenschaften. Entweder ich bin halbblind oder ich bin ein Sehender.
Ein Abschalten von diesem Holzblick ist schwierig, ich gebe es zu. Meine Frau
sagt immer, ein Waldspaziergang mit mir... das ist ihr zu anstrengend.

Wie kann ich mir diese gehende Analyse vorstellen?

Ich habe vor einigen Jahren begonnen, einen Kartenzyklus anzufertigen. Ich foto-
grafiere, ich halte die Bäume auf den Bildern fest, ich beobachte, was sich seit
meinem letzten Spaziergang verändert hat. Diese Fotos dokumentiere ich anschließend in einer Art Datenbank, indem ich sie ihren jeweiligen geografischen,
kartografischen Koordinaten zuordne. Bei dieser Arbeit vergesse ich mich vollkommen, da bin ich in direktem Kontakt mit den Bäumen, da bin ich wie in Trance.
Bloß im Frühling fasse ich die Bäume nicht an.

Weil?

Im Frühjahr brauchen die Bäume alle Kraft zum Sprießen und zum Wachsen. Da sind sie empfindlich, verletzbar. Davor habe ich Respekt.

Auf Ihrer Homepage schreiben Sie, dass Sie ausschließlich langsam luftgetrocknetes und bei gewissen Mondphasen geschlagenes Holz verwenden. Warum?

Weil Holz, das unter diesen Bedingungen geschlägert und gelagert wurde, eine höhere Qualität hat. Und das ist nicht nur esoterischer Hokuspokus, denn da bin ich absolut nicht zu Hause. Es gibt für mich dazu überliefertes Erfahrungswissen sowie parawissenschaftliche und wissenschaftliche Quellen. Der Mond ist für mich in einer langen Betrachtungskette verschiedener Faktoren ein Anteil, den ich mir angeeignet habe zu beachten. Aber er ist bei Weitem nicht der wichtigste. Ich heische nicht nach dem Mond. Es gibt Literatur ohne Ende, wo zum Teil so schwachsinniges Zeug drinsteht, dass ich darüber nur lachen kann.

Was steht in Ihrer persönlichen Literatur an wichtigen Punkten sonst noch drin?

Das Holz muss im Winter geschlagen werden, das ist klar. Das ist die saftlose Zeit. Für einen langen und sorgfältigen Lufttrocknungsprozess wird man mit mehr Qualität, mit weniger Schädlingsanfälligkeit und mit optisch schöneren Trockenergebnissen belohnt. Gerade für diesen Prozess, für diese jahrelange Wartezeit bringen viele Handwerkerinnen und Kunden heute kaum noch die nötige Geduld mit. Das ist traurig. All diese Faktoren sind wichtig, um das Holz in seinem verarbeiteten Zustand möglichst lange und möglichst funktionstüchtig am Leben zu halten – ob das nun Holz für die Baukonstruktion, ein Schrank, ein Musikinstrument oder einfach nur ein Schneidbrettl ist.

Sie verwenden in Ihrer Werkstatt ausschließlich Massivholz aus der Region…

Ob ich meine, dass nur hier im Bregenzerwald gutes Holz wachse, werde ich manchmal gefragt. Nein, das meine ich nicht. Es gibt an vielen Orten schöne und mitunter sogar schönere Hölzer als hier! Aber ich lege Wert auf Ressourcenschonung und auf eine lokale Wertschöpfungskette. Dieses Holz wächst unmittelbar vor der Haustür. Warum sollen wir es nicht verwenden? Alles andere würde mich unter diesen wunderbaren Gesichtspunkten in einen Argumentationsnotstand bringen. Basierend auf diesem Fundament haben wir in unserer Werkstatt ein paar Spielregeln entwickelt, an denen nicht zu rütteln ist.

Die da wären?

Wir verwenden ausschließlich massives Holz aus der Region. Und wenn ich ausschließlich sage, dann meine ich ausschließlich. Das heißt also: keine Spanplatten, keine MDF-Platten, keine Beschichtungen, keine zugekauften Komponenten. Jede Schublade ist von hier und selbst gemacht. Von manchen Kunden und Interessenten wurde das auch schon als unflexibel oder als arrogant ausgelegt. Damit kann ich leben. Ich habe das große Ganze vor Augen.

Sie machen keine Ausnahme?

Nein, ich mache keine Ausnahme. Ich gebe zu, das hat mir schon so manchen interessanten Kunden vergrault, der zwar eine naturbelassene Vollholzküche wollte, sich dann aber eingebildet hat, irgendwo doch noch sparen zu wollen und ein billigeres Plattenprodukt für die Korpusteile einzusetzen, dort, wo man es nicht sieht. Dafür jedoch bin ich nicht zu haben. Das mache ich nicht.

Außerdem sind Ihre Möbel und Innenraumgestaltungen vollkommen naturbelassen, ohne Lack und ohne Farbe. Ist das die Grundvoraussetzung für eine Zusammenarbeit mit Ihnen?

Ja, das ist so. Manchmal kriege ich Anfragen von Menschen, die vieles an uns schätzen – aber nicht in dieser Konsequenz. Dann fragen Sie mich, ob man die eine oder andere Möbelfront nicht doch in Hochglanz oder Weiß oder Schwarz oder Pink ausführen könnte. Und dann trennen sich unsere Wege wieder, bevor wir einander überhaupt begegnet sind. Leider gehen mir dadurch manche Projekte und interessante Auftraggeber durch die Finger. So ist das nun mal.

Das klingt traurig.

Ist es manchmal auch. Wir arbeiten nicht für die Masse. Wir bedienen keine rustikalen und auch keine modischen, stylishen Wünsche. Unsere kulturellen und ökologischen Werte sind klar definiert. Der Kunde wünscht, und wir spielen – das gibt es bei uns in den grundsätzlichen Fragen nicht.

Was ist denn das Böse an Farbe, Lasur und hochglänzenden Lacken?

So schlimm ist das auch wieder nicht! Verstehen Sie mich nicht falsch. Ich will das nicht schlecht reden. Es gibt genug hochprofessionelle Handwerker und Handwerkerinnen im Bregenzerwald, die Ihnen das machen. Und sie machen es auf perfekte Art und Weise. Ich gehöre nicht dazu. Ich will dem Produkt und dem Werkstoff auf meine Art Respekt erweisen.

Wozu diese vielen Spielregeln? Was ist der Profit am Ende des Tages?

Vom ästhetischen Gesamteindruck ist unsere Palette nicht sonderlich groß. Das gebe ich offen und ehrlich zu. Mein Kunde ist nicht König, denn das kann ich ihm nicht bieten, sondern mein Kunde ist Partner. Doch das Endergebnis, das ich meinen Partnern auf diese konsequente Weise bieten kann, ist ein sehr nachhaltiges. Ich entlasse aus meiner Werkstätte Alltagskulturgüter, die eine Geschichte erzählen, die in zwei oder drei Jahrzehnten immer noch funktionieren und die dann und wann vielleicht auch an die nächste Generation übergeben werden, so wie das früher gang und gäbe war.

Wann ist Ihre Arbeit fertig?

In gewisser Weise niemals.

Das heißt?

Wir betreuen die Produkte, die wir bauen, über die Produktionsphase hinaus, denn Holz ist und bleibt ein lebendiges Material. Wenn mal was passiert oder eine Funktion aus irgendeinem Grund beeinträchtigt ist, dann bin ich nach zehn oder 20 Jahren genauso ansprechbar wie am ersten Tag. Ich nehme das Produkt zurück und repariere es. Auch weil mich interessiert, wo sich vielleicht ein Fehler eingeschlichen haben könnte. Ich beobachte das Möbel, ich ziehe Rückschlüsse aus diesen Beobachtungen, ich lerne permanent dazu. Über fast jedes Möbelstück, das ich fertige, führe ich Aufzeichnungen. Wir haben Dokumentationen, die Jahre und Jahrzehnte zurückreichen. Sobald ich etwas reparieren oder umbauen muss, hole ich diese Aufzeichnungen aus dem Archiv und überlege mir, wie ich am besten vorgehe.

Was wird mit diesen Aufzeichnungen eines Tages passieren?

Die Essenz davon werde ich an die nächste Generation weitergeben. Dieser Wert von Wissenstransfer ist extrem wichtig.

Welche Hölzer verarbeiten Sie am liebsten?

Es gibt ein paar sehr schöne Edelhölzer wie etwa Birne, Kirsche, Linde und Nuss, aber diese sind nicht tragend. Wirklich typisch für den Bregenzerwald und traditionell hier wachsend sind sieben Hölzer, die sich zum Bauen und Tischlern eignen und die wir alle verwenden – natürlich mal mehr, mal weniger, bedingt durch Trends und Geschmack. Diese sieben Hölzer sind Weißtanne, Fichte, Eiche, Esche, Ulme, Bergahorn, und dann gibt's natürlich noch die allgegenwärtige und aus Österreich nicht wegzudenkende Buche. Buche, kommt mir manchmal vor … das ist die Thujenhecke der Tischler.

Weil?

Weil so oft verwendet! Buche ist ein schönes, aber triviales Holz. Man hat sich bald einmal sattgesehen daran.

Inwiefern hat sich der Stil und Publikumsgeschmack, seitdem Sie im Geschäft sind, verändert oder weiterentwickelt?

Oh, eine gute Frage! Große Möbelmessen wie jene in Köln und Mailand geben in Sachen Wohnen natürlich einen gewissen Trend vor. Was ist gerade angesagt? Was kommt als nächstes? Was muss ich mir zulegen? Und schon wird man von Dutzenden gleichen Anfragen heimgesucht. Ich sehe diese Moden sehr kritisch, denn sie halten bestenfalls ein paar Saisonen. Und plötzlich gilt das, was eben noch groß abgefeiert wurde, als altmodisch und überholt. Keine gute Voraussetzung für Möbel und Inneneinrichtungen, die eine Erwartungshaltung von mehreren Jahrzehnten haben!

Machen Sie diese Trends mit?

Ja und nein. Nein bei Produkten, die mit meiner Philosophie nicht kongruent sind. In den Achtzigerjahren waren MDF-Platten hip, in den Neunzigerjahren hat man dann überall Birkenschichtplatten gesehen. Das war das moderne Material der Intellektuellen. Das war eine sehr eigenwillige Fixierung. Diesen Trend habe ich an mir selbstverständlich vorbeiziehen lassen. Eine Zeitlang allerdings waren auch dunkle Hölzer wie etwa Nuss sehr begehrt, die ich im Übrigen gut und gerne verarbeite. In dieser Zeit habe ich, wie man sich vorstellen kann, viel und gerne in Nuss gearbeitet.

Der Bregenzerwald ist ja weniger als Follower denn als Trendsetter bekannt!

Ja! Ist das nicht großartig? Ich kann mich noch an Zeiten erinnern, in denen Weißtanne ein absolutes No-Go war. Das Material galt als älplerisches, letztklassiges Weichholz. Heute werden ganze Schulen und Wohnhäuser damit gebaut. Und Sie können sich nicht vorstellen, wie viele Möbel aus Weißtanne wir in die Großstädte liefern! Weißtanne ist für mich ein schönes Beispiel, dass man auch aus der Region heraus einen Trend setzen kann. Sogar einen sehr nachhaltigen!

Sie sprechen von hochwertiger Arbeit und von hochwertigem Material. Wie schlagen sich diese beiden Faktoren im Preis Ihrer Produkte nieder?

Preis ist ein wichtiger Faktor. Man könnte meinen, meine Möbel und Einrichtungen seien nur was für Schwerreiche. Nein, das sind sie nicht. Selbstredend, dass sie auch nicht die billigsten sind. Ich würde sagen, wir bewegen uns in einem argumentierbaren, qualitativ bedingt höheren Mittelfeld. John Ruskin hat einmal gesagt: „Wir kennen von allem den Preis und von nichts den Wert." Ich sehe das genauso.

Wie viel kostet, sagen wir einmal, eine Küche bei Ihnen?

Das kann und will ich so nicht beziffern. Was ich Ihnen allerdings sagen kann: Eine Markus-Faißt-Küche ist um ein kräftiges Stück billiger als bestimmte Markenküchen aus Deutschland oder Italien. Mit dem Unterschied, dass bei uns kein Markenlogo draufsteht, sondern dass Sie ein Unikat bekommen. Eine Markus-Faißt-Küche ist nicht günstig, aber preiswert.

Sie können von Ihrer Arbeit ganz gut leben.

Ja, ich bin sehr zufrieden und kann von meiner Arbeit mittlerweile sehr gut leben. Aber das war nicht immer so. Wie Sie sich vielleicht vorstellen können, war mein kompromissloser Ansatz an den Tischlerberuf einer, der mich jahrelang ökonomisch sehr knapp gehalten hat, um es mal elegant zu formulieren. Ich habe erlebt, welchen hohen Preis man zahlen muss, wenn man das durchsetzen will, was man als Vision hat. Es gab Phasen, da hatte ich Existenzängste, da wusste ich nicht, wie ich den vielen finanziellen Belastungen nachkommen soll. Das waren karge und nüchterne Zeiten für mich. Hinzu kommt, dass ich mir damals so manch hämischen Kommentar gefallen lassen musste. Ich bin froh, dass ich mich nicht habe verunsichern lassen.

Klingt nicht unbedingt nach einem Traumjob.

Wenn jemand in kurzer Zeit viel Geld verdienen und eine teure Yacht kaufen will, dann wird er schwer enttäuscht sein. Für Spekulanten ist es der absolut falsche Job, den es gibt. Für mich ist es der beste, den ich mir vorstellen kann.

Was hat Ihnen in diesen kargen Zeiten damals Kraft gegeben?

Mein Glaube an die Sache. Ich war überzeugt davon, dass ich den richtigen Weg eingeschlagen habe. Ich dachte mir: Wenn ich diese Welt und die darauf lebenden Menschen liebe, dann muss ich ein Stück weit Verantwortung übernehmen, dann muss ich mit meinen ethischen Vorstellungen vorangehen und ein Beispiel sein. Ich glaube, ich war ein bisschen ein Pionier. Es war ein Genuss. Es fühlt sich rückblickend richtig gut an.

Die Werkstatt wurde vor fast 60 Jahren gegründet. Ab wann war für Sie klar, dass Sie den väterlichen Betrieb übernehmen werden?

Zehn Jahre lang war ich ausgeklinkt aus dem Betrieb. Ich musste einfach Abstand gewinnen, ich musste fliehen. Ich war erst einige Jahre in Südamerika, wo ich

Entwicklungshilfe geleistet habe, und anschließend habe ich dann eine Zeit lang in einem Architekturbüro und in einer Möbelwerkstatt in Wien gearbeitet. Erst danach war mir klar, dass ich in den Bregenzerwald zurückkehren und den Betrieb meines Vaters übernehmen werde. Ohne dieses Zeitfenster des Fremdgehens wäre das niemals gelungen.

Sie sind Gründungsmitglied des Werkraums Bregenzerwald.
Welche Vorteile hat das für Sie als Tischler?
Manche von uns meinten damals: Oh, der Werkraum Bregenzerwald wird viel Geld und Arbeit bringen! Nun, das ist nicht der Fall. Das könnte ich nicht behaupten. Doch statt der direkten wirtschaftlichen Vorteile gibt es den Vorteil der Kommunikation und des kulturellen Austausches. Der Werkraum ist so etwas wie ein Sprachrohr, wie eine Vermittlungsplattform nach innen und nach außen.

Und für Sie persönlich?
Für mich persönlich? Nun … ich tue das, was ich kann: Ich trage mein Quäntchen bei, um den ländlichen Raum und seine Wertschöpfungskette weiterhin zu stärken. Der Werkraum Bregenzerwald ist, wenn Sie so wollen, eine Art Humus, auf dem meine Arbeit gedeihen und sich weiterentwickeln kann.

Letztes Jahr hat der Werkraum Bregenzerwald durch Architekt Peter Zumthor eine medienwirksame, viel beachtete Ikone bekommen. Was hat sich in der Wahrnehmung und Bedeutung von Material und Handwerk seitdem geändert?
Die Resonanz ist sehr hoch. Ich muss Ihnen ehrlich sagen: Die Außenwahrnehmung hat so gut funktioniert wie sie beim Namen Zumthor jedes Mal funktioniert. Der neu errichtete Werkraum ist eine große Chance für uns, für die Handwerker und Handwerkerinnen, für den gesamten Kulturraum Bregenzerwald.

Wie wird es weitergehen? Wie lautet Ihre Vision von Holzkultur in Österreich und Europa?
Ich fange mit der Ernüchterung an: Die Vision, dass Holz ein starker Protagonist wird, dass es ein großes, sinnliches, Lifestyle-Breitenthema wird, gepaart mit affiner Gestaltung, neuen Technologien und tollen Bildungsvernetzungen an Fachhochschulen und Universitäten … nun, da bin ich eines Besseren belehrt worden. Dieser Wunsch ist nicht aufgegangen. Zumindest nicht bis heute. Vielleicht wird das ja noch. Auf der Mikroebene jedoch tut sich extrem viel. Im Möbeldesign, in der Architektur im In- und Ausland sind in den letzten Jahren wahnsinnig schöne Vorzeigebeispiele entstanden. Manche davon sind wirklich eine Inspiration – und zwar auch für die Stadt. Das ist die richtige Stoßrichtung.

Abschlussfrage: Holz ist ...

Holz ist ein idealprototypisches Material in Sachen Bauphysik, Fertigungstechniken und Volkswirtschaft. Aber das kann man überall nachlesen, das muss nicht aus meinem Munde auch noch kommen. Daher sage ich: Für mich persönlich ist Holz ein Kulturträger, ein zentraler Nervenstrang, eine Art Gradmesser und Zeiger. Über die Art und Weise, wie wir mit Holz umgehen, können wir Schlüsse daraus ziehen: Schlüsse über den Zustand und unsere Ausrichtung in Gesellschaft und Kultur, und natürlich auch über unsere Beziehung zur Natur. Aber manchmal, manchmal kann Holz auch ein Brett vorm Kopf sein.

ueberholz.ufg.ac.at

überholz
Universitätslehrgang für Holzbaukultur
an der Kunstuniversität Linz
ist ein Postgraduate-Studium für ArchitektInnen, TragwerksplanerInnen und HolzbauerInnen. Der Lehrgang ist eine Kooperation der Kunstuniversität Linz, der Arch+Ing Akademie, dem Möbel- und Holzbaucluster sowie dem Wissenschafts- und Weiterbildungszentrum des Landes Vorarlberg Schloss Hofen.

Veronika Müller

geboren 1972 in Wien, studierte Architektur in Linz und Venedig und war zunächst als Künstlerin im öffentlichen Raum tätig. Heute lebt und arbeitet sie als Architekturvermittlerin, Ausstellungskuratorin und Autorin in Linz. Seit 2008 ist sie Geschäftsführerin und Wissensmanagerin des Masterlehrgangs überholz an der Kunstuniversität Linz.

Wojciech Czaja

geboren 1978 in Ruda Śląska, Polen, studierte Architektur in Wien und ist freischaffender Buchautor und Journalist im deutschsprachigen Raum, u.a. für *Der Standard* im Bereich Architektur, Stadtleben und Immobilien. Seit 2011 ist er Gastprofessor an der Universität für Angewandte Kunst in Wien. Zuletzt erschien bei Anton Pustet *Zum Beispiel Wohnen* (2012).

Danke an das überholz-Konzeptionsteam
für die Gespräche und Nominierungen

Herbert Brunner
Holzbauer
Feldkirch

Helmut Dietrich
Architekt
Bregenz, Wien

Roland Gnaiger
Architekt
Linz, Bregenz

Gabu Heindl
Architektin
Wien

Konrad Merz
Tragwerksplaner
Dornbirn

Hermann Nenning
Holzbauer
Hittisau

Kurt Pock
Tragwerksplaner
Klagenfurt, Lienz

Wolfgang Ritsch
Architekt
Dornbirn

Karl Torghele
Bauphysiker
Dornbirn

kunst universität linz
Universität für künstlerische und industrielle Gestaltung

www.ufg.at

SCHLOSSHOFEN
Wissenschaft und Weiterbildung
Land Vorarlberg I FH Vorarlberg

Arch⌴Ing Akademie